고려대학교청소년문학시리즈 023

Brief einer
Unbekannten

슈테판 츠바이크
송용구 옮김

모르는 여인의 편지

고려대학교출판부
KOREA UNIVERSITY PRESS

차 례

7

사흘 내내 산악지대 여행을 마치고 이른 아침 비엔나로 돌아온 유명한 소설가 R씨는 문득 기차역에서 산 일간신문의 날짜를 보고는 오늘이 바로 자신의 생일이란 것을 알았다. 그 순간, "벌써 마흔 살이 되었구나"라는 생각이 머리 속을 스쳐 갔다. 별 다르게 기쁘다거나 슬프다는 느낌은 없었다. 그는 신문을 쓱 훑어보고는 택시를 잡아 타고 집으로 향하였다.

집사는 그가 여행을 떠나고 없는 동안 손님 두 사람이 다녀 갔으며 몇 통의 전화가 걸려 왔었다는 말을 전한 후에 그동안 쌓인 우편물을 쟁반에 수북히 담아 들고 방 안으로 들어왔다. 그는 귀찮다는 표정을 지으며 편지들을 뒤적거리다가 발신인의 이름으로 짐작하건대 꽤나 흥미가 있을 것처럼 보이는 두 통의 편지를 뜯었다. 그중 낯선 글씨의 두툼한 편지 한 통은 슬며시 옆으로 밀쳐 두었다.

그러는 사이에 집사가 마실 차를 가져왔다. 그는 안락의자에 편안하게 몸을 눕히고 앉아서 또 한 번 신문과 유인물들을 대충 살펴보았다. 그런 다음 담배 한 대를 피워 문 채 그제서야 옆으로 밀쳐 두었던 두툼한 편지 한 통을 집어 들었다.

누군지는 모르지만 여인의 불안스런 필체로 황급히 휘갈겨 쓴 것처럼 보이는 스무 장 안팎의 편지였다. 편지가 아니라 수기라고 하는 편이 옳을 것 같았다. 그는 자신도 모르게 편지의 겉봉을 다시 한 번 살펴보고서는 혹시 추신이라도 들어 있지 않을까 하는 생각에 봉투를 위아래로 흔들어보았다. 그러나 봉투 속에는 더 이상 아무것도 들어 있지 않았다. 내용이 적힌 종이에서와 똑같이 발신인의 이름도 주소도 적혀 있지 않았다. 그는 참 이상한 일도 다 있다고 생각하면서 편지를 열어 보았다.

"저를 전혀 기억하지 못하시는 당신에게"

이름이 없는 대신에 편지 위편에 이런 문구가 적혀 있었다. 이상하면서도 야릇한 느낌이 들어 그는 편지 읽는 것을 잠시 멈추고 곰곰이 생각해 보았다. "나에게 온 편지가 맞나? 아니면 이것을 쓴 사람이 꿈속에 있는 어느 누군가에게 보낸 편지일까?" 그는 갑자기 타오르는 불길처럼 일어서는 호기심에 휩싸여 서둘러 글을 읽어 가기 시작했다.

"어제는 제 아이가 죽은 날이었어요. 저는 꼬박 사흘 낮 사흘 밤을 이 작고 가녀린 생명을 위해 죽음과 맞서 싸웠답니다. 독감 때문에 아이의 가엾은 몸이 열병으로 들끓었던 지난 40여 시간 내내 저는 한시도 눈을 떼지 않고 침대 곁에 앉아 그 아이를 지켰습니다. 불길처럼 뜨거워지는 그 아이의 이마를 식혀 주며 불안스럽게 떨리는 아이의 손을 낮이나 밤이나 꼭 붙들고 있었습니다. 그러나 사흘째 되던 날 저녁에 저도 지쳐서 쓰러지고 말았습니다. 저도 모르게 눈이 감겨 버린 것입니다. 딱딱한 의자에 몸을 눕힌 채 세 시간인지 네 시간인지 저도 모르게 잠에 빠져든 사이 죽음이 다가와서 그 아이를 데려가고 말았답니다.

지금 저의 아이는, 너무도 사랑스럽고 가엾은 그 아이는 처음 잠들었을 때와 똑같은 얼굴로 저기 침대에 누워 있습니다. 까맣고 총명한 두 눈동자는 영영 감기고 말았지만 그 아이의 두 손은 잠옷 위에 그대로 다소곳이 모아져 있습니다. 침대의 네 모퉁이엔 처음처럼 네 개의 촛불이 타오르고 있습니다.

저는 그 아이를 감히 바라볼 수도, 몸을 움직일 수도 없답니다. 하느작거리는 촛불의 빛을 따라 일렁이는 그림자가 아이의 얼굴과 입술을 어루만질 때마다 그 아이가 다시 일어나서 움직일 것만 같은 예감이 드는 까닭입니다. 그때마다 저는 그 아이가 죽음에서 다시 눈을 뜨고 예전처럼 어린아이다운 귀엽고 해맑은 목소리로 저에게 말을 걸어올 것만 같은 환상에 빠져든답니다.

그러나 저는 똑똑히 알고 있습니다. 그 아이는 이미 죽었다는 것을 말이죠. 저는 두 번 다시 그 아이를 바라보지 않을 거예요. 다시는 소용 없는 희망을 품지 않고, 희망이란 놈에게 더 이상 속지 않기 위해서랍니다. 저는 알고 있습니다. 너무도 잘 알고 있죠. 제 아이가 바로 어제 세상을 떠났다는 사실을 말입니다.

지금 저에겐 당신밖에 없습니다. 저에 대해서는 아무것도 모르는 당신만이 제게 남겨진 유일한 사람입니다. 지금도 어딘가에서 아무런 부담 없이 주변 사람들과 즐거운 유희에 취하여 계실 당신만이 제게 남은 유일한 존재랍니다. 저라는 사람에 대해 전혀 기억을 못하시는 당신임에도 저는 한평생 오직 당신만을 마음에 지닌 채 사랑해 왔습니다.

조금 전에 다섯 번째 양초를 책상 위에 세워 놓고 당신께 편지를 쓰고 있습니다. 죽은 아이의 곁을 혼자 지키려니 제 영혼에 쌓여 있는 진실을 고백하지 않고서는 미쳐 버릴 것 같아요. 이토록 무서운 시간에 지금까지 저의 모든 것이었고 지금도 변함없이 저의 모든 것인 당신 외에 또 누구에게 편지를 쓸 수 있다는 말입니까? 하지만 그 어떤 말로도 저의 마음을 분명하게 전할 수는 없을 듯합니다. 당신께서도 제가 드리는 말의 뜻을 헤아리지 못하실 테니까요.

지금 저의 몸과 정신은 아주 피폐한 상태입니다. 머리는 부서질 것만 같고 온 몸은 쿡쿡 찌르듯 고통스럽습니다.

뜨거운 열이 만져지는 것으로 보아서 아마 저도 요즘 떠돌아다니는 치명적인 독감에 걸려들었을지도 모른다는 느낌이 듭니다. 차라리 잘된 일인지도 몰라요. 그렇게 되면 저의 아이와 함께 떠날 수 있으니까요. 자질구레하고 무의미한 일들에 더 이상 신경쓰지 않아도 되니까요.

그러나 가끔씩은 앞이 캄캄해져 아무것도 보이지 않는답니다. 아마도 이 편지를 끝내지 못한 채 떠날 수도 있겠다는 생각이 듭니다. 하지만 저에게 남아 있는 힘을 모두 모아서 제 평생에 단 한 번 당신께 드리는 이 편지를 끝까지 써 내려가고자 합니다. 제가 누구인지 전혀 알지 못하시는 당신께 말입니다.

저의 모든 이야기는 오직 당신만이 들으셔야 합니다. 저의 평생에 처음이자 마지막으로 당신에게만 저의 모든 이야기를 쏟아 놓고자 합니다. 예나 지금이나 변함없이 당신의 것이었음에도 불구하고 당신 스스로는 전혀 알 수 없었던 제 삶의 모든 것을 당신은 알게 되실 거예요. 그러나 당신이 저의 비밀을 모두 알아 버릴 무렵엔 저는 이미 이 세상 사람이 아닐 것입니다. 당신은 물론 답장을 보내실 필요도 없을 거예요. 제 온몸에 열꽃을 피우고 있는 이 병조차도 그때쯤이면 죽음을 맞이할 테니까요.

만일 제가 살아남게 된다면 저는 이 편지를 찢어 없애고 지금까지 살아왔듯이 나머지 인생 또한 아무 말 없이 살아갈 것입니다. 하지만 혹시라도 이 편지가 당신의 손에 들어가기라도 한다면 죽음을 얼마 남겨 두지 않은 한 여인이 마지막으로 자기의 인생을 고백하고 있는 것이라 이해해 주세요. 이 이야기는 나의 숨결이 시작된 후부터 마지막 숨결이 멈추는 순간까지 오직 당신만의 여자였던 어느 여인의 일생에 대한 고백이랍니다.

그렇다고 해도 저의 말에 겁을 먹지는 마세요. 죽음이 바로 앞에 있는 여자가 무엇을 더 원하겠습니까? 저는 사랑도, 연민도, 위로도 바라지 않습니다. 제가 바라는 것은 단 한 가지뿐입니다. 너무나 고통스러운 저의 이 고백을 당신이 믿어 주시기를, 저의 이야기를 믿어 주시기만을, 오직 이것만을 당신께 간절히 원합니다. 하나뿐인 자식의 주검을 앞에 두고 거짓말을 할 엄마는 이 세상 어디에도 없답니다.

이제부터는 지금까지 살아왔던 저의 일생을 남김없이 당신께 말씀드리겠습니다. 사실인즉 저의 인생은 당신을 알게 된 바로 그 날부터 시작되었습니다. 그 이전까지의 제 인생은 보일 듯 말 듯 흐트러진 그 무엇에 불과하였습니다. 먼지가 수북히 쌓이고 거미줄이 뒤엉킨 허름한 물건들과 사람들이 얼기설기 얽혀 살아가던 지하 창고 같은 방이 떠오릅니다. 그러나 그 방에 대한 다른 기억은 지금 단 한 점도 남아 있지 않습니다.

당신이 오셨을 그때 저는 겨우 열세 살밖에 안 되는 아이였죠. 지금 당신이 살고 계신 바로 그 집에서 저도 살고 있었습니다. 당신이 저의 마지막 숨결이 배어 있는 이 편지를 읽고 계신 그 방과 제가 살고 있는 방은 복도 하나를 사이에 둔 채 마주 보고 있었답니다.

물론 당신은 저희 집안과 저희 어머니를 전혀 기억하지 못하실 것입니다. 가난한 서기의 미망인으로 항상 상복을 입고 계셨던 저의 어머니와 바짝 마른 여자아이를 전혀 기억하지 못하실 거예요. 우리는 언제나 쥐죽은 듯 조용히 살았고 소시민의 일상과 다름없는 가난에 억눌려 있었으니까요. 아마도 당신은 어머니와 저의 이름조차도 들어보신 적이 없었을 것입니다. 우리 집엔 문패도 없었고, 우리를 찾아오는 손님도, 안부를 궁금해하는 사람도 전혀 없었으니까 말입니다.

그 일은 아주 오래전의 일입니다. 15년이나 16년쯤 흘러가 버린, 더욱이 당신으로서는 전혀 머릿속에 떠올리지 못하는 아주 먼 옛날의 일입니다. 그러나 저는 당신으로 인하여 그 모든 일들을 낱낱이 기억하고 있답니다. 당신의 이야기를 난생 처음 들었던 그 날, 당신의 모습을 난생 처음 보았던 그 날, 그 시간까지도 저의 기억 속에 생생히 살아 있습니다. 그날의 그 순간을 어떻게 잊을 수 있겠습니까? 저의 모든 인생이 바로 그 순간에 깨어났기 때문입니다. 사랑하는 님이시여! 제발 제가 고백하는 이 모든 이야기를 외면하지 마시고 마지막까지 들어 주세요.

당신이 그 집으로 이사 오시기 전까지 당신의 방에는 이틀이 멀다 하고 싸움을 벌이는 고약하고 폭력적인 가족이 세 들어 살고 있었습니다. 자기들도 가난하기는 마찬가지이면서 이웃의 가난을 못마땅하게 여기고, 특히 우리 집의 가난을 몸서리칠 만큼 증오했습니다. 자기들이나 우리나 똑같이 가난한 신세인데 우리에게서는 자기들처럼 천박하고 난폭한 하층계급의 모습을 볼 수 없다는 것이 이유였습니다.

알코올중독자인 그 집의 남편은 걸핏하면 아내에게 폭력을 휘둘렀습니다. 의자들이 쓰러지고 그릇들이 깨지는 소리 때문에 깊은 밤에도 잠을 깬 적이 한두 번이 아니었습니다. 어느 날은 그 집의 여자가 남편에게 흠씬 두들겨 맞아 머리칼이 풀어 헤쳐지고 온몸이 피로 범벅이 된 채 다급하게 계단을 뛰어 내려가는 것이었습니다. 주정뱅이 남편은 목이 터져라 고함을 치며 여자를 뒤쫓아 갔답니다. 이것을 그냥 두고 볼 수 없었던 이웃 사람들이 몰려나와 주정뱅이 남자를 경찰서로 넘기겠다고 위협을 가한 적도 있었습니다.

제 어머니는 그들을 처음 본 순간부터 함께 어울리는 것을 꺼려했습니다. 그래서 저에게도 그 집 아이들과 얘기하지 말라고 신신당부를 하셨죠. 그런 이유에서인지는 몰라도 그 집 아이들은 저를 괴롭힌 적이 한두 번이 아니었습니다. 그 아이들은 길을 지나가다가 저와 마주치면 심한 욕설을 퍼부었습니다. 그 아이들이 던진 딱딱한 눈덩이를 맞고 제 이마에 피가 흐른 적도 있었습니다. 이런 식으로 행동하니까 이웃 사람들도 그들을 미워하는 것은 당연했습니다.

그렇게 세월이 흘러가던 중에 갑자기 그 집에 어떤 사건이 일어났던 모양입니다. 지금 떠오르는 기억으로는 그 집 남자가 도둑질을 하다가 체포되어 감옥신세를 진 것이 아닌가 생각됩니다. 여하튼 그들이 구질구질한 살림을 모두 꾸려 가지고 어디론가 이사를 가게 되었을 때 어머니와 나는 모처럼 마음의 평안을 찾았습니다. 그 후 며칠 동안 그 집 방문 앞에는 '셋집'이라는 쪽지가 붙어 있었습니다. 그러다가 얼마 못 가서 집주인이 이야기를 해 주더군요. 그 집에 새로 이사 올 사람은 독신남이자 소설가로 아주 조용한 분이라고 말이죠. 집주인의 말을 듣고 저는 당신의 이름을 처음 알게 되었습니다.

이틀인가 사흘이 지나서 당신의 집에 페인트공이 왔었죠. 곧이어 미장이, 목수, 인테리어 전문가들이 차례로 도착하여 그 집에 먼저 살았던 사람들이 남겨 놓은 구질구질한 흔적들을 남김없이 지워 버렸습니다. 망치 두들기는 소리와 벽을 부수고 바닥을 닦고 모서리를 깎아 내는 분주한 소리들이 하루 종일 귀에 맴돌았지만 제 어머니는 그저 흡족해하실 뿐이었습니다. 지금부터는 그 지긋지긋한 건너편 사람들을 보지 않고서도 살 수 있으니 말로 표현 못할 만큼 기쁘시다는 것입니다.

당신이 이사 오던 날에 저는 당신을 볼 수 없었습니다. 잿빛 머리카락에 아담한 체구를 가진, 당신의 충실한 하인인 그 집사 아저씨가 모든 일을 도맡아서 일일이 감독했으니까요. 그는 아주 차분하고 조용하게 모든 일을 지시하였습니다. 우리 모두는 그에게서 아주 깊은 인상을 받았답니다. 첫째로는 이런 도시 변두리 연립주택에는 잘 어울리지 않는 '집사'라는 그의 신분 때문이기도 했고, 둘째로는 그가 모든 사람에게 예의를 갖추면서도 심부름꾼들과 시답잖은 잡담이나 나누는 그런 따위의 천박한 행동을 전혀 보이지 않았다는 사실 때문이었습니다.

그는 처음 알게 된 날부터 제 어머니에게 귀부인을 대하듯 정중하게 예의를 갖추었고, 저처럼 어린 계집아이에게도 변함없이 다정하고 진지하게 대해 주었습니다. 당신의 이름을 입에 올릴 때에는 당신의 위엄과 당신을 향한 존경의 빛이 그의 태도에 넘쳐 났습니다. 그가 마음을 다 바쳐서 당신을 받들고 있음을 삼척동자라도 알아볼 수 있었습니다. 이런 까닭에 저는 그 친절한 노인 요한을 너무도 좋아했었지요. 또한, 그가 언제나 당신 곁에서 당신을 섬길 수 있다는 이유로 인하여 저는 그에게 질투심을 느끼기도 했습니다.

사랑하는 님이시여! 이처럼 사소하고 우습게 보이는 모든 일들을 당신께 낱낱이 고백하는 것은 저처럼 숫기 없고 소심한 여자아이에게 당신이 처음부터 얼마나 커다란 존재로 가까이 다가오셨는지를 알려드리기 위한 것입니다. 당신이 제 생의 한가운데로 걸어 들어오시기 전부터 저는 당신의 주변을 환하게 감싸 주고 있는 빛의 물결을 보았기 때문입니다.

당신에게서 비롯된 풍요로움, 특이함, 신비로움 같은 것들이 별 볼일 없는 변두리 연립주택 주민인 우리들로 하여

금 당신이 그 집에 이사 오시는 날을 손꼽아 기다리게 했던 것입니다. 가난한 삶을 살아가는 사람들은 자기네 집 문 앞에서 무언가 특별하고 새로운 일이 일어나기만을 호기심에 들떠서 기다리곤 하는 법이지요. 당신에 대한 저의 호기심이 과일처럼 영글어 간 것은 어느 날 오후 학교 수업을 마치고 돌아오다가 집 앞에 서 있는 커다란 짐마차를 보았을 때였죠.

사람들이 이삿짐을 옮기고 있었습니다. 저는 문 옆에 멈춰 서서 그 광경을 지켜보고 있었답니다. 당신의 물건들은 어느 것 하나 빠짐없이 제가 지금까지 한 번도 본 적이 없는 신기한 물건들이었죠. 인도의 불상, 이탈리아의 조각상, 화려한 색채가 빛나는 커다란 그림들, 저로서는 상상조차 해 볼 수 없었던 수많은 아름다운 책들이 옮겨지고 있었습니다.

그 모든 물건들을 짐꾼들이 문 옆에 쌓아 놓으면, 이번에도 집사 아저씨가 그것들을 받아 먼지털이로 하나씩 세심하게 먼지를 털어 내고 있었습니다. 저는 점점 더 높이 쌓여 올라가는 짐 더미의 주변을 호기심에 들떠 빙빙 맴돌았답니다. 집사 아저씨는 그렇게 맴돌고 있는 나를 쫓아 버릴 생각도 하지 않았지만, 뭐라고 말을 걸지도 않았습니다. 저는 그 수많은 책들의 가죽 표지를 만져 보고 싶었지만 감히 손을 댈 수는 없었고 고개를 비스듬히 기울여 책의 제목만 바라볼 뿐이었죠. 책들의 제목은 프랑스어, 영어, 그 밖에 제가 전혀 배운 적이 없는 여러 나라의 언어들로 씌어져 있었습니다. 그 때 어머니가 저를 부르지 않았다면 저는 시간 가는 줄도 모르고 언제까지나 그곳에 서서 그 책들을 들여다보고 있었을 거예요.

그 날 저녁에 저는 당신 생각에 사로잡혔습니다. 이 세상에 제가 태어나서 한 번도 만난 적이 없는 바로 당신 말입니다. 그때까지 제가 가지고 있던 책이라고는 너덜너덜해진 두꺼운 표지의 싸구려 열두 권짜리 전집뿐이었답니다. 저는 그 책들을 무엇보다도 소중히 아끼면서 몇 번이고 되풀이하여 읽고 또 읽어 왔습니다. 그런데 그처럼 수많은 훌륭한 책들을 가지고 있으면서 그것들을 모두 다 읽은 분은 과연 어떤 사람일까? 하는 생각이 저를 떠날 줄 몰랐습니다. 여러 나라들의 그 모든 언어를 잘 알고 계시고, 참으로 부유하며, 놀라울 만큼 학식이 높으신 그분은 과연 어떤 사람일까? 하는 생각 말입니다.

당신의 그 책들을 생각하면 할수록 형언할 길 없는 신성한 존경심이 제 가슴의 심연에서 솟아 나오는 거예요. 어떤 사람일까? 하고 저는 당신의 모습을 머릿속에서 그려 보았습니다. 하얀 수염에 안경을 걸치신 지긋한 나이의 어른, 제가 다니는 학교 지리 선생님과 비슷한 외모에 그분보다 훨씬 더 온유하고 자애로운 성품을 지닌 어른의 모습을 그려 보곤 했었습니다. 그런데 그때는 제가 어째서 당신을 노인일 것이라고 생각했었는지, 그러면서도 잘생긴 얼굴을 가진 사람일 것이라고 생각했었는지 나 자신도 이해되지 않습니다. 바로 그 날 밤 저는 이제껏 한 번도 만나본 적 없는 당신에 대해 처음으로 꿈을 꾸었습니다.

당신이 그 집으로 이사 오신 것은 그 다음 날이었습니다. 그러나 사방을 둘러보아도 당신의 모습은 좀처럼 볼 수 없었습니다. 그럴수록 저의 호기심은 점점 더 쌓여만 갔지요. 사흘째 되는 날에 마침내 저는 당신을 보았습니다. 그때 제가 얼마나 놀랐는지 당신은 짐작하실 수 있을 거예요. 당신은 어린 소녀의 상상 속에서 키워 왔던 어른의 모습과는 너무나 다른 모습으로 제 앞에 서 계셨으니까요.

자애로운 얼굴에 안경을 걸친 노신사의 모습을 마음속에 그리고 있던 제 앞에 나타난 당신은 화려한 연갈색 양복을 입고 계셨습니다. 당신은 소년처럼 흥겨웁게 껑충껑충 뛰면서 한 번에 두 계단씩 훌쩍 층계를 뛰어 올라가셨죠. 모자를 벗어서 손에 들고 계셨기 때문에 저는 당신의 나부끼는 머리카락과 생기 넘치는 밝은 얼굴을 단 한 점도 놓치지 않고 볼 수 있었답니다. 눈부시게 젊고, 아름답고, 날씬하고, 고상한 모습에 깜짝 놀라서 그저 멍하니 서 있을 수밖에 없었죠. 그러나 그것은 조금도 이상한 일이 아니었습니다. 당신을 처음 본 사람이라면 누구나 느끼고도 남을 만한 놀라움을 저도 첫 만남의 순간에 똑같이 느낀 것뿐이었으니까요.

모험과 유희를 탐닉하는 정열적이고 경박한 청년이면서도, 강한 의무감을 지닌 교양인이고, 예술에 대해서라면 그 누구도 따를 수 없는 준엄함과 박식함을 갖춘 당신의 참된 모습을 저는 생생히 느낄 수 있었답니다. 사람들이 당신을 볼 때마다 느끼게 되는 이중적인 인상을 저도 무의식적으로 느꼈던 것입니다. 세상을 향해 격의 없이 열려 있는 당신의 밝은 모습과 당신만이 알고 계시는 삶의 어두운 모습, 이렇게 서로 다른 두 가지 삶의 길을 걸어가는 당신 존재의 비밀을 겨우 열세 살밖에 안 된 소녀였던 제가 한눈에 알아보았던 것이지요.

사랑하는 님이시여! 이해하시겠죠? 어린아이에 지나지 않았던 저에게 당신이라는 존재가 얼마나 경이롭고 매력적인 수수께끼였는지를 말입니다. 우리들은 상상조차 할 수 없을 만큼 넓은 세상에서 명성을 떨치고 있는 그 어떤 분을, 수많은 사람들의 존경을 한몸에 받고 있는 그 어떤 분을 갑작스럽게 스물대여섯 살의 명랑하고 발랄한 젊은이로서 맞이하게 될 줄이야! 그 날부터 저의 작고 가련한 세상의 중심은 오직 당신 한 분이었습니다. 열세 살짜리 아이의 고집과 지독한 인내심을 가지고 저는 당신의 삶과 당신 존재의 주변을 끈질기고 집요하게 맴돌기 시작했답니다.

저는 당신을 눈여겨보았습니다. 당신의 습관을 하나하나 관찰하고 당신을 방문하는 사람들까지도 세심하게 살폈습니다. 그럴수록 당신을 향한 호기심은 만족을 모르고 점점 더 커져만 갈 뿐이었습니다. 당신을 방문하는 여러 부류의 손님들을 통해 당신의 존재가 갖는 이중적 모습이 더욱 선명하게 드러났기 때문입니다.

젊은 친구들이 찾아오면 당신은 그들과 함께 어울려 쾌활하게 웃고 즐기셨습니다. 그러나 가끔은 가난한 학생들이 당신을 방문하기도 하고, 때로는 여성들이 승용차를 타고 찾아오기도 했었지요. 어느 날엔 제가 멀리서 바라본 적이 있었던 유명한 오페라 지휘자가 당신을 방문하기도 했었답니다. 때로는 실업학교에 다닐 나이의 어린 아가씨들이 수줍음에 얼굴을 붉히며 당신의 방으로 들어가기도 했었지요.

참 많은 여성들이 당신을 찾아왔었죠. 그러나 저는 그런 모습을 그다지 이상하게 생각하진 않았습니다. 어느 날 아침 학교에 가기 위해 문을 여는 순간 얼굴에 베일을 쓴 어떤 부인이 당신의 방에서 나오는 것을 보기도 했었지만 그것 역시 이상하게 여기진 않았답니다. 그 당시 저는 겨우 열세 살난 어린아이에 지나지 않았으니까요. 쉴 새 없이 당신 주변을 살피고, 귀 기울여 말소리를 엿듣고, 당신 그림자를 뒤쫓던 저의 불타는 호기심이 이미 사랑이었다는 사실을 그때는 미처 깨닫지 못했으니까요.

그러나 사랑하는 님이시여! 지금도 저는 그 날의 일을 또렷이 기억하고 있습니다. 저의 마음과 몸을 당신께 영원히 바친 그 날의 그 시간을 말예요.

그 때 저는 학교 친구와 함께 동네에 산책을 나갔다가 집 문 앞에서 그 아이와 얘기를 나누고 있던 중이었습니다. 갑자기 승용차 한 대가 달려와 우리 앞에 멈춰 서더니 당신이 그 특유의 걸음걸이로, 지금도 제 마음을 설레게 만드는 날렵하고 탄력 있는 발걸음으로 차에서 훌쩍 뛰어내려 문 안으로 들어가시려고 했었죠.

제가 무의식중에 문을 열어 드리려고 했던 까닭에 본의 아니게 당신의 길을 막아서게 되어 자칫하면 당신과 저는 거의 부딪힐 뻔했답니다. 그 순간에 당신은 부드럽고 따스하며 한없이 온화한 무언가를 가득 담고 있는 시선으로 저를 바라보셨습니다. 맞습니다. 그 날 제가 보았던 당신의 눈길을 부드럽다는 말 외에는 형언할 길이 없습니다. 당신은 나지막한 목소리로 속살거리며 무언가를 약속이라도 하시는 것처럼 말씀하셨습니다.

"아가씨! 고마워요."

사랑하는 님이시여! 그것이 다였습니다. 하지만 바로 그 순간부터, 부드럽고 따스한 당신의 눈길이 저에게 머물렀던 그 때 그 순간부터 저는 당신에게 남김없이 빠져들었답니다.

물론 시간이 지난 후에 저는 알게 되었죠. 당신은 타고난 유혹의 눈길을 가지셨다는 것을 말예요. 사람을 송두리째 벌거벗기는 듯하면서도 신비하게 끌어당기는 힘을 가진 그 매혹적인 눈길을 아무 여자에게나 던지신다는 사실을 알게 되었던 것입니다. 거리에서 우연히 눈길을 마주친 어느 여자에게나, 당신께 물건을 판매한 상점의 여종업원이나 당신이 들어가시는 곳의 현관문을 열어 주는 안내양에게까지도 당신은 그 매혹적인 눈길을 던지시곤 했으니 말입니다.

물론 당신의 그런 태도는 의식적인 것은 아니었죠. 여자들을 바라보시는 당신의 부드럽고 따스한 그 눈길은 여성들에 대한 당신의 타고난 친절로부터 무의식적으로 흘러나온 것이었습니다. 그러나 겨우 열세 살 먹은 어린애에 지나지 않았던 제가 그 시절에 그것을 이해한다는 것은 불가능했답니다. 저는 당신의 눈길에서 흘러나온 그 부드러움이 오직 저 한 여자에게만 향하는 것이라 믿었으니까요.

저는 당신의 눈길로 인하여 불의 세례를 받았습니다. 그 순간에 한 소녀의 내면에 잠들어 있던 '여성'이란 존재가 눈을 뜨고 일어나서 당신께 영원히 바쳐졌던 것입니다.

"저 신사 누구니?"

친구가 궁금해서 물었지만 저는 대답을 머뭇거렸습니다. 당신의 이름을 감히 제 입으로 말할 수 없었기 때문입니다. 눈 깜짝할 순간에 이미 당신의 이름은 제게 신성한 의미이자 비밀이 되었으니까요.

"응, 같은 집 건물에 사는 아저씨야."

저는 말을 더듬거리면서 대답을 서둘러 끝내 버렸습니다.

"그런데 그 아저씨가 너를 쳐다볼 때 네 얼굴이 왜 그렇게 빨개지는 거니?"

제 친구는 여자애들 특유의 호기심을 내보이며 얄미울 정도로 저를 놀려 댔습니다. 그 아이가 저의 비밀을 비웃듯이 장난을 친다는 생각이 들어 제 얼굴은 갈수록 붉게 달아올랐습니다. 저는 몹시 당황하여 화를 참지 못하고 소리를 질렀습니다.

"그만두지 못해! 못된 계집애 같으니라고!"

그때 저의 심정은 정말 그 아이를 두들겨 패 주고 싶었습니다. 그런데도 그 아이는 갈수록 큰 소리로 웃어 대며 저를 놀려 대는 것을 멈추지 않았죠. 저는 걷잡을 수 없이 화가 치밀어 올라 눈물을 펑펑 쏟으며 그 아이를 밖에 세워 둔 채 집 안으로 뛰어 들어갔습니다.

그 일이 벌어진 순간부터 저는 당신을 사랑하게 되었습니다. 헤아릴 수 없을 만큼 많은 여인들이 당신을 사랑한다고 고백하였고, 당신도 그 사랑의 고백에 너무나 익숙해지셨으리라는 사실을 저는 잘 알고 있답니다. 그러나 저만큼 몸과 마음을 다하여 맹목적으로 충실하게 당신을 사랑한 여인은 지금까지 없었을 것이라고 생각합니다.

어둠 속에 숨어서 은밀하게 누군가를 지켜보는 소녀의 사랑을 이 세상의 그 어떤 사랑도 따르지 못할 거예요. 저의 사랑은 아주 절망적이고 헌신적이며 열정을 다 바치는 사랑이기 때문입니다. 그 사랑은 나이 많은 여인들의 욕정에 불타오르는 충동적이며 이해타산적인 사랑과는 완전히 다른 사랑이랍니다.

고독을 아는 소녀들만이 진정한 사랑의 열정을 소유할 수 있는 법입니다. 고독의 의미를 모르는 사람들은 의미없는 대화와 분별없는 사교에 자신들의 감정을 탕진해 버리고 맙니다. 그들은 사랑에 대해 남들로부터 들은 이야기나 책에서 읽은 사랑 이야기만을 가지고 그 이야기가 모든 이의 운명에 꼭 맞는 것이라고 믿어 버립니다. 그들은 장난감을 만지작거리듯이 사랑을 갖고 놉니다. 그들은 아이들이 처음 담배를 피우게 된 것을 자랑 삼아 떠들듯이 사랑을 자랑하고 다닙니다.

그러나 저는 아무에게도 사랑의 비밀을 드러내 보일 수 없었습니다. 사랑에 관해 누군가로부터 배우거나 조언을 들을 수도 없었습니다. 저는 그때까지 아무 경험도 하지 못하였기에 당연히 앞날이 어떻게 될 것인지를 예측할 수 있는 능력도 없었습니다. 그리하여 저는 어두운 낭떠러지로 떨어지듯이 저의 운명 속으로 추락하였습니다. 제 마음속에서 자라나 꽃을 피운 모든 것은 오직 당신에게만 연결되었습니다. 마음속에서 피어오르는 모든 생각이 제 비밀의 유일한 동반자인 당신과 당신의 꿈에만 연결될 뿐이었습니다.

제 아버지는 일찍 세상을 떠나셨습니다. 어머니는 언제나 우울의 짐에 억눌려서 셋방살이의 염려에 찌들어 있던 까닭에 제가 마음을 의지할 수 있는 곳은 단 한 군데도 없었습니다. 이러한 저의 마지막 정열이나 다름없었던 소중한 사랑을 장난감 삼아 놀려 대고 희롱하던 경박한 여학생들에 대해 저는 화가 치밀어 올랐습니다. 저는 산산조각 나고 흩어져 버린 저의 감정을 하나하나 주워 들어 당신께 송두리째 내던졌습니다. 억눌렸지만 언제나 다시 끓어오르는 제 존재의 모든 것을 온통 당신께만 내던진 것입니다.

당신에 대해 어떻게 표현해야 할까요? 저에게 있어서 당신은 그 어떤 비유로도 형언할 길이 없는 분입니다. 당신은 저의 전부이자 생명이었습니다. 당신과 연결되는 것만이 저에게는 존재하는 것이었고, 당신과 관계되지 않는 것은 저에게 아무런 의미가 없었습니다.

당신은 저의 인생을 완전히 바꾸어 놓으셨습니다. 당신을 만나기 전에는 학급에서 중간 정도 밖에 안 되는 평범한 아이였던 제가 갑자기 가장 높은 존재가 되었던 것입니다. 제가 밤이 깊도록 수많은 책을 읽은 것도 당신이 책을 좋아하신다는 사실을 알았기 때문이었습니다. 또한, 제가 예전에는 없었던 억지를 부려서 피아노 연습을 시작함으로써 어머니를 깜짝 놀라게 해 드리기도 하였는데 이것도 당신이 음악을 좋아하신다고 생각했기 때문에 생긴 일이었습니다.

오직 당신의 마음에만 들고, 당신에게만 청결하게 보이려는 욕심 때문에 저는 옷을 손질하여 입었고 바느질을 하였습니다. 어머니의 실내복을 고쳐서 지은 낡은 교복의 왼쪽 구석에 있던 네모나게 꿰맨 자리를 제가 얼마나 진저리치도록 싫어했는지 당신은 모르실 겁니다. 당신이 그 모습을 보고 혹시나 저를 경멸하시지나 않을까 겁이 나서 저는 계단을 오르내릴 때마다 그곳을 가방으로 살짝 가리곤 했었지요. 당신이 교복의 꿰맨 자리를 보시게 되면 어쩌나 하는 생각 때문에 불안해지면서 가슴을 쓸어내리곤 했었답니다. 하지만 그것은 참 바보스런 행동이었지요. 당신은 저에게 눈길조차 주시지 않았으니까요.

그럼에도 아랑곳없이 저는 하루 종일 당신을 기다리고 당신이 어떻게 지내시는지를 살폈습니다. 우리 집 문에는 놋쇠로 만들어진 조그만 열쇠 구멍이 있었지요. 그 동그란 구멍을 들여다보면서 저는 건너편에 있는 당신의 방을 살필 수 있었답니다. 오, 제발 비웃지는 말아 주세요. 지금이 순간까지도 저는 그때의 일을 전혀 부끄럽게 생각하지 않습니다. 바로 그 구멍은 세상을 바라보는 저의 유일한 눈이었으니까요. 어머니가 보지 못하는 틈을 타서 저는 너무나 오랜 세월 동안 그 구멍 앞에 앉아 있었습니다. 손에는 책을 들었지만, 저의 온 신경은 현악기의 현처럼 팽팽하게 긴장되어 해가 저물도록 당신을 엿보곤 했습니다. 그러다가 갑자기 당신이 나타나시면 팽팽하던 그 현은 떨리는 몸으로 소리 내어 노래 부르기 시작했지요.

당신을 바라보는 저의 마음은 쉴 새 없이 긴장하고 두근거렸습니다. 그러나 당신은 전혀 느끼지 못하셨습니다. 그것은 당신의 주머니 속에 들어 있는 시계가 어둠 속에서 똑딱거리며 끊임없이 시간을 헤아리고 있음에도 그 태엽의 떨리는 몸짓을 당신이 전혀 느끼지 못하는 것과 똑같은 것이었죠. 수백만 번 초침을 똑딱거리면서 두근거리는 가슴으로 당신의 걸음걸음을 따라다녀도 저는 당신의 흔한 눈길 한번 받지 못하는 주머니 속의 시계와 같은 불쌍한 여자였답니다.

저는 당신에 관해서는 모르는 것이 없었습니다. 당신의

사소한 습관까지도, 넥타이 하나하나와 양복 한 벌 한 벌까지도 손금 보듯이 훤히 알고 있었습니다. 그뿐만 아니라 당신의 친구들까지도 잘 알고 그들을 하나하나 구별할 수 있었답니다. 제 마음에 드는 사람과 마음에 들지 않는 사람으로 당신의 친구들을 구분해 보기도 했었지요.

열세 살 시절부터 열여섯 살이 될 때까지 저는 이처럼 모든 순간을 당신 안에서만 살았답니다. 뒤돌아보면 이보다 더 어리석은 일이 또 어디 있을까요!

저는 당신의 손길이 스쳐 갔던 문의 손잡이에까지 입을 맞추었습니다. 당신이 집 안으로 들어가시면서 휙 던져 버린 담배꽁초를 아무도 모르게 주워 간직하기도 했답니다. 별 의미 없는 담배꽁초 하나라도 당신의 입술이 닿았던 물건이기에 저에겐 무엇보다 소중했으니까요. 해가 지면 헤아릴 수 없을 만큼 많은 갖가지 구실들을 만들어 골목으로 뛰어나가서는 당신 계신 방의 어느 창에 불이 켜져 있는지를 알아보곤 했답니다. 이토록 당신이란 존재를, 바라볼 수도 없는 당신이란 존재를 조금 더 가까이 느껴 보려고 혼신의 힘을 다했던 것입니다.

당신이 여행을 떠나 집에 계시지 않을 때는 제 생명의 불꽃은 꺼져 가고, 저는 죽음과 다름없는 무의미 속에 빠져들어갔습니다. 인간미가 넘치는 요한이 당신의 노란 여행가방을 들고 계단을 내려오는 것을 볼 때마다 밀려오는 근심으로 제 심장은 멎어 버릴 것만 같았습니다. 제 생명의 불꽃은 꺼지고 저는 죽음과 다름없는 무의미 속에 빠져드는 것이었습니다. 권태와 짜증에 떼밀리어 불안스럽게 이곳저곳을 떠돌아다니곤 하였습니다. 물론 그러는 사이에 울어서 퉁퉁 부은 눈을 보고 혹시나 어머니께서 저의 절망을 눈치채시지는 않을까 하는 걱정에 가슴을 쓸어내릴 수밖에 없었지요.

저도 잘 알고 있습니다. 제가 말씀드리는 이 모든 이야기가 이해할 수 없는 기이한 일이며 너무도 어리석은 이야기란 사실입니다. 그것을 수치스럽게 여겨야 하겠지요. 그러나 저는 전혀 부끄럽지 않습니다. 어리석을 정도로 당신을 향한 사랑에 빠져 있었던 그 시절만큼 제 자신이 순수하고 열정적이었던 때는 없었으니까요.

당신과 한 집에서 살았던 그 시절의 일을 몇 시간이든 몇 날이든 계속 당신께 이야기해 드리고 싶었답니다. 그러나 그때 당신은 제 얼굴을 보지 못하셨지요. 어쩌다 계단에서 당신과 마주치는 것을 피할 수 없을 때면 당신의 불타는 눈길을 피하려고 고개를 숙인 채 당신을 지나가곤 했답니다. 불길 속에 빠지지 않으려고 물 속에 뛰어드는 사람처럼 말입니다.

지나가 버린 세월의 이야기를 하라고 하시면 저는 몇 시간이든 몇 날이든 당신께 말씀드릴 수 있습니다. 그리고, 당신의 하루하루를 적어 놓은 저의 달력을 당신 앞에 펼쳐 보여 드릴 수도 있습니다. 하지만 더 이상 당신을 지루하게 하거나 괴롭게 하고 싶지는 않습니다. 바라는 것이 있다면, 제 어린 시절의 가장 아름다웠던 추억 한 가지만을 당신께 고백하고 싶을 뿐이랍니다. 너무 하찮은 일이라고 우습게 여기지는 말아 주세요. 어린 저에게는 그것이 너무나도 소중한 일이었으니까요.

어느 일요일이었습니다. 당신이 여행을 떠나고 방이 비어 있었을 때 집사 요한은 활짝 펼친 두터운 양탄자를 문 안으로 질질 끌고 들어가더군요. 착한 마음씨를 가진 노인 요한은 그 무거운 양탄자를 매우 힘겨워했답니다. 그래서 저는 용기를 내어 그분에게 다가가 도와드려도 괜찮겠느냐고 물어보았죠. 그는 놀란 표정을 지으면서도 기꺼이 저의 도움을 받아들였습니다. 당신 방을 볼 수 있는 기회가 온 것이죠. 얼마나 경건한 마음으로, 얼마나 신실한 존경심을 품고 당신의 방에 들어갔는지 형언할 수 없는 심정입니다.

저는 당신의 방 안을, 당신만의 세계를, 당신이 늘 변함없이 앉아 있던 책상과 그 책상 위에 놓인 몇 송이의 꽃이 소담스럽게 꽂혀 있는 초록빛 유리 화병을, 당신의 옷장과 사진들을, 그리고 당신이 즐겨 읽던 책들을 마침내 보게 되었습니다. 그것은 당신의 일상생활을 훔치듯이 순식간에 훑어보는 바람처럼 짧은 시간이었죠. 충직하고 성실한 요한이 제가 당신 방을 낱낱이 살피도록 내버려두지 않았기 때문입니다. 그러나 그토록 짧은 순간에도 저는 당신 방의 모든 분위기를 모조리 빨아들여 그것을 밤이나 낮이나 끝없는 내 꿈의 뿌리로 삼았답니다.

제 소녀 시절에서 가장 행복했던 때는 바로 그 몇 분간의 시간이었습니다. 저는 짧았던 그 순간을 당신께 이야기해 드리고 싶습니다. 한 여자가 당신에게 얼마나 의지했고 또 당신으로 인하여 어떻게 무너졌는지를 이해시켜 드리려는 것입니다. 아울러 이 이야기와는 다르지만 가장 무서웠던 순간의 이야기를 당신께 들려드리고자 합니다.

당신께 말씀드린 것처럼 저는 당신에게 빨려들어 저의 모든 일을 망각해 버렸습니다. 그런 까닭에 인스부르크의 상인이자 어머니와 인척이라고 소개한 어느 중년 신사가 오랫동안 집에 머무는 것도 신경 쓸 겨를이 없었습니다. 오히려 그분이 집에 있는 것이 더 좋다고 생각했답니다. 이따금 그분이 어머니를 극장에 데려간 사이에 저는 집에서 혼자 당신을 하염없이 생각하고, 당신의 인기척을 살펴볼 수 있었기 때문이죠. 그 시간이 저에겐 유일하고 가장 행복한 때였습니다.

그렇게 시간이 흐르던 어느 날, 무슨 할 말이 있으신지 어머니가 저를 방으로 부르셨습니다. 숨겨 놓았던 진심을 저에게 털어놓으시겠다는 것이었죠. 파랗게 질려 버린 저는 갑자기 가슴이 쿵닥쿵닥 뛰는 소리를 숨길 수 없었습니다. 설마 어머니가 당신에 대한 저의 마음을 눈치채신 것은 아닐까? 제가 어머니의 말을 듣기 전에 처음 머릿속에 떠오른 생각은 이렇게 당신과 관계된 문제였습니다. 당신의 세계에 엮여진 제 비밀의 문제였던 것이죠.

그런데 어머니는 예기치 않은 저의 행동에 당황하여 저에게 두 번씩이나 입을 맞추시는 것이었어요. 전에는 볼 수 없던 일이었습니다. 어머니는 저를 소파로 데려가 앉히시더니 부끄러움을 잔뜩 머금고 머뭇거리듯 이야기를 꺼내셨습니다. 홀아비로 지내 온 어느 친척 분이 어머니께 청혼을 했다는 것입니다. 결정적으로는 바로 저 때문에 그분의 청혼을 받아들이기로 마음 먹었다고 말씀하시더군요.

그 순간 뜨거운 피가 제 심장으로 역류하는 것을 느꼈습니다. 그럼에도 단 한 가지의 생각, 다만 당신에 대한 생각으로 어머니께 이런 대답을 할 수밖에 없었습니다.

"그래도 우리는 여기서 계속 사는 거죠?"

저는 불안해져서 말을 더듬었습니다.

"아니야. 우리는 인스부르크로 집을 옮겨야 한단다. 페르디난트 씨는 아주 훌륭한 별장을 갖고 계신단다."

그 다음부터 저의 귀엔 더 이상 한 마디의 말도 들리지 않았습니다. 갑자기 눈앞이 가로막혀 아무것도 보이지 않았습니다. 나중에 안 사실이지만 그 때 저는 혼절해 버린 것이었죠.

한참 지난 후 어머니께서 문 뒤에 서서 의붓아버지에게 조용히 말씀하시는 소리가 들려왔습니다. 갑자기 제가 손사래를 치며 뒤로 주춤주춤 물러서더니 무거운 납덩이처럼 쿵 하고 넘어졌다고 하더군요.

매사에 고분고분하던 제가 그 일이 일어난 뒤 며칠 동안 어머니의 꺾일 줄 모르는 의지에 대항하여 얼마나 힘겹게 싸웠는지를 지금 당신께 일일이 말씀드리기 어렵습니다. 당신으로 인하여 겪었던 일을 돌아보기만 하면 지금 글을 쓰고 있는 저의 손이 떨려오는 것을 느낍니다. 저의 마음속에 숨겨진 비밀을 어머니께 있는 그대로 고백할 수 없었던 까닭에 저의 그런 반항은 유치하고 심술궂은 고집으로만 여겨졌답니다. 어머니와 의붓아버지 중 아무도 저와는 의논하지 않았고 모든 계획이 제 뒤에서 은밀하게 진행될 뿐이었습니다.

그분들은 제가 학교에 가고 없는 틈을 내서 이사 준비를 착착 진행하였습니다. 하교 후에 집으로 돌아와 보면 가구들이 치워져 있거나 팔려 나가 있었습니다. 저는 그 집과 함께 저의 인생이 무너지는 모습을 볼 수 있었습니다.

점심을 먹으려고 학교에서 집으로 돌아온 어느 날은 남겨진 세간들을 짐꾼들이 이미 가져가 버린 상태였습니다. 비어 있는 방에는 어머니와 제가 함께 사용하던 야외용 침대와 미리 꾸려 놓은 트렁크만 우두커니 남겨져 있었죠. 그곳에서 우리는 마지막 단 하룻밤만을 지내고 그 다음 날이면 인스부르크로 떠나야 했습니다.

그렇게 떠나기 전날, 저는 당신을 떠나서는 결코 살 수 없을 것임을 절실히 느꼈답니다. 당신 말고는 저를 구원할 수 있는 길이 없다는 것을 깨달았습니다. 그런 절망적인 순간에 어떻게 이런 생각을 할 수 있었는지 제 자신도 도무지 모르겠습니다. 때마침 어머니께서 안 계시기에 교복을 입은 채 당신이 계신 방으로 달려갔습니다. 아니, 제가 스스로 달려간 것이 아니었습니다. 알 수 없는 어떤 힘이 뻣뻣하게 굳은 저의 다리와 후들거리는 저의 관절을 이끌어 저를 당신의 방문으로 데려간 것입니다.

당신께 이미 말씀드린 것처럼 제 자신이 어떻게 행동해야 할지 앞을 내다볼 수 없었습니다. 그저 당신의 발아래 무릎을 꿇고 저를 당신의 하녀로, 아니 노예로라도 받아 주실 것을 간절히 빌고 싶은 생각뿐이었습니다. 그리고 열다섯 살 먹은 한 계집아이의 그런 철없는 행동을 당신이 비웃으시면 어쩌나 하고 염려하였습니다.

그러나 사랑하는 님이시여! 제가 그 날 밤 알 수 없는 어떤 힘에 이끌려 차가운 복도를 지나 조마조마하는 마음으로 당신에게 나아갔던 사실을 아신다면 당신도 저를 더 이상 비웃지만은 못하실 거예요. 저는 떨리는 팔을 제 몸에서 가까스로 끌어올려 마침내 초인종을 눌렀습니다. 그것은 몇 초에 불과한 시간이지만 영원히 계속될 것만 같았던 끔찍한 투쟁이었죠.

여러 해가 흘러갔지만 그 때 날카롭게 울려 퍼지던 초인종 소리가 지금도 귓가에 쟁쟁합니다. 뒤이어 흐르는 정적 속에서 제 심장의 두근거림이 멈추었습니다. 당신이 문밖으로 나오실지에만 귀를 기울였기에 온몸을 흐르는 피도

멎어 버린 것만 같았습니다.

그러나 당신은 나오시지 않았습니다. 아무도 문을 열지 않았습니다. 그 날 오후 당신은 외출하신 것이 분명했습니다. 집사 요한도 밖에 볼일이 있었나 봅니다. 무의미하게 쩌렁거리는 초인종 소리를 들으며 어쩔 수 없이 저는 썰렁한 빈 방으로 되돌아올 수밖에 없었습니다. 오랫동안 험한 눈길을 헤치고 오느라 기진맥진한 여행자처럼 저는 담요 위에 픽 쓰러졌습니다.

하지만 그렇게 지쳐서 쓰러져 있는 상황 중에도 떠나기 전에 당신을 꼭 만나야만 한다는 결심만큼은 지칠 줄 모른 채 걷잡을 수 없이 타오르고 있었습니다. 당신께 맹세코 드리는 말씀이지만, 그 때 저에게 육체적 욕망 같은 것은 단 한 점도 없었답니다. 오직 당신에 대한 생각만으로 사로잡혀 있었기에 그런 욕망을 알 겨를이 없었습니다. 당신이 보고 싶었을 뿐입니다. 단 한 번만이라도 당신을 더 뵙고 매달려 애원하고 싶은 생각뿐이었습니다.

사랑하는 님이시여! 저는 불면의 밤을 지새우며 애간장이 끊어지도록 당신을 기다렸습니다. 어머니께서 잠자리에 드시자마자 저는 쥐 죽은 듯이 몰래 문간방으로 기어 나와 당신이 돌아오시는 발자국 소리에 귀를 기울였습니다. 그렇게 밤이 다 가도록 당신을 기다리고 있었습니다.

1월의 밤은 몸서리칠 정도로 추웠습니다. 녹초가 된 온 몸이 욱신거리듯 아파 왔지만 앉아서 기댈 만한 의자가 없었습니다. 하는 수 없이 냉랭한 바람이 파고 드는 얼음장 같은 바닥에 몸을 눕혔습니다. 몸을 덮어 줄 이불 한 장 없었지만 저는 제 몸이 따스해지는 것을 바랄 수 없었습니다. 나도 모르게 잠이 들어 당신의 발자국 소리를 놓치게 될까 봐 두려웠기 때문이죠. 발은 경련으로 오그라들고 팔은 바들바들 떨려오더군요. 무서운 어둠 속에 갇혀 혹독한 추위에 시달렸습니다. 그러나 저는 당신을 기다리고 또 기다렸습니다. 저의 운명을 영접하듯 당신을 간절히 기다렸습니다.

새벽 2시나 3시쯤 되었을 무렵 현관문이 열리더니 계단을 밟고 올라오는 소리가 들렸습니다. 눈 깜짝할 사이에 추위는 사라지고 가슴 밑에서 무언가 뜨거운 열기가 솟구쳐 올라왔습니다. 저는 소리 없이 문을 열고 당신께 달려가서 당신의 발치에 저의 온몸을 내던지려 했습니다.

아아, 그 어리석은 여자아이가 도대체 무슨 짓을 하려는 것인지 저로서도 알 길이 없었습니다. 당신의 발소리는 점점 가까이 다가왔고 촛불은 하늘거리며 타올랐습니다. 저는 떨리는 손으로 문고리를 잡았습니다. 그렇게 가까이 다가오고 있던 분이 정녕 당신이었을까요?

그분은 바로 당신이었습니다. 사랑하는 님이시여, 그분은 정녕 당신이었습니다. 하지만 당신은 혼자 오신 것이 아니었습니다. 농담이 드문드문 섞여 있는 나지막한 웃음 소리, 살랑거리듯 비단 옷자락을 살며시 스쳐 가는 소리, 그리고 차분하게 울리는 당신의 목소리를 똑똑히 들었습니다. 아, 당신은 어느 여인을 집으로 데려오셨던 것입니다.

지금도 저는 이해할 수 없습니다. 그 날 밤 제가 어떻게 죽지 않고 삶을 버텨 냈는지 말입니다. 다음 날 아침 8시 저는 끌려가다시피 인스부르크로 떠나야만 했습니다. 저에겐 더 이상 저항할 힘이 남아 있지 않았으니까요.

어젯밤에 제 아이가 세상을 떠났습니다. 남은 날들을 계속 살아가야만 한다면 저는 외로움을 견디기 힘들 것입니다. 내일이 되면 낯선 사람들이, 검정색 옷을 걸쳐 입은 괴상망측한 그 사람들이 찾아와서 어깨에 메고 온 관에 저 가여운 아이를, 저의 유일한 핏줄인 그 아이를 넣어 흙 속에 묻어 버리겠지요. 친구들이 꽃다발을 들고 찾아올지도 모르겠습니다. 그러나 관 위에 꽃다발을 놓는 것이 무슨 의미가 있겠습니까? 그들은 저를 위로하는 말을 던져 주면서 애도의 뜻을 표하겠지요. 하지만 아이를 잃어버린 저에게 그것이 무슨 소용이 있겠습니까?

저는 잘 알고 있습니다. 제가 또다시 외로움에 몸부림칠 수밖에 없다는 것을 말입니다. 사람들과 섞여 살아가면서 외로움을 겪는 것보다 더 두려운 일은 없습니다. 제가 그것을 과거에 직접 겪어 보았기 때문에 누구보다도 더 잘 알고 있지요. 열일곱 살부터 열여덟 살까지 인스부르크에서 보냈던 그 세월, 끝이 보이지 않았던 2년의 세월 동안 저는 외로움이 얼마나 고통스러운 것인지 처절하게 겪었답니다. 가족들과 한솥밥을 먹으면서도 저는 캄캄한 지하 감옥에 갇힌 죄수처럼, 먼 곳에 유배된 사람처럼 살았으니까요.

과묵하고 조용한 의붓아버지께서는 아주 다정하게 저를 대해 주셨습니다. 어머니 역시 저에게 진 마음의 빚을 갚아 주시기라도 하려는 듯 제가 바라는 것은 무엇이든 들어 주셨습니다. 수많은 젊은이들이 저의 환심을 사려고 애를 썼지만 저는 그들의 모든 시도를 단호하게 뿌리쳤지요.

저는 당신을 벗어나서는 결코 행복을 찾을 수 없었습니다. 저는 당신을 떠나서는 결코 만족을 얻을 수 없었습니다. 저는 스스로를 학대하면서 끝없는 외로움의 심연 속에 빠져들어 헤어나올 줄 몰랐습니다. 그 남자들이 유행하는 화려한 옷을 사 주었지만 입어 볼 생각조차 하지 않았습니다. 음악회와 극장에 함께 가자는 그들의 청을 수없이 받았지만 단 한 번도 받아들이지 않았습니다. 쾌활한 친구들과 어울려 피크닉을 다녀오는 일에도 등을 돌렸고, 인스부르크의 수많은 골목길 중 제대로 밟아 본 곳이 없었습니다.

사랑하는 님이시여! 그것을 믿으실 수 있나요? 그 작은 도시에 2년 동안이나 살았으면서 기억하고 있는 길거리의 이름이 채 열 개도 안 된다는 것을 믿으실 수 있겠습니까? 그 시절에 저는 슬픔 속에 빠져들어 아무 일도 할 수 없었습니다. 밀려오는 고통의 끝자락을 붙잡고 끊임없이 당신의 눈빛만을 찾아 헤매일 뿐이었습니다. 제 앞에 어떤 일이 닥친다 해도 저는 오로지 당신 안에서만 살아갈 것을 다짐하고 또 다짐했습니다.

방 안에 홀로 앉아 몇 시간이 흐르고 며칠이 지나가도 저는 당신만을 생각하였습니다. 당신을 향한 생각은 멈추는 법을 몰랐습니다. 아무리 사소해 보이는 추억일지라도 저는 당신과 관련된 추억을 남김없이 제 앞으로 불러냈습니다. 당신을 처음 만난 날부터 당신을 애타게 기다리던 모든 시간에 이르기까지 저의 기억 속에 새겨진 모든 일들을 새롭게 만져 보았습니다. 극장에서 연극을 보듯이 제가 그려 보는 그 작은 기억들이 선명하게 제 가슴에 아로새겨졌습니다.

흘러가 버린 숱한 나날들의 일 분 일 초까지도 놓치지 않고 수천 번 반복하며 가슴에 되새겼던 까닭에 소녀 시절의 모든 순간이 지금도 생생한 추억의 불꽃으로 타오르고 있답니다. 그렇지 않다면 이미 흘러가 버린 세월의 순간순간이 바로 어제 겪은 일처럼 지금도 저의 내면에서 이토록 뜨겁게 타오르는 것을 느낄 리가 없겠지요.

그 시절에 저는 오로지 당신의 안에서만 살았답니다. 당신이 쓰신 책은 하나도 빼놓지 않고 사서 읽었습니다. 당신의 이름이 신문에 나는 날은 저에게 축제일이었습니다. 당신이 쓰신 책의 한 문장 한 문장을 제가 암송할 수 있다는 것을 당신은 믿지 않으실지도 모릅니다. 누군가가 한밤중에 자고 있던 저를 깨워 당신 책에서 뽑아낸 몇 줄의 문장을 읽어 준다면 저는 꿈속에서처럼 그 다음 문장을 보지 않고 낭송해 줄 수 있을 것입니다. 13년이 지난 오늘에도 마찬가지입니다. 이와 같이 당신의 말씀 한 마디 한 마디는 저에게 복음이고 기도였습니다. 제게는 이 세상이라는 것도 당신과의 관계 속에서만 존재할 뿐이었습니다.

비엔나 신문에서 당신이 관심을 두실 만한 연주회나 연극 공연의 기사를 열심히 찾아 읽었습니다. 그러다 저녁이 되면 "지금쯤 극장 안에 들어가셨을거야", "지금쯤은 자리에 앉으셨겠지" 하고 마음속으로 되뇌이면서 당신을 뒤따라가는 꿈을 수없이 꾸었습니다. 당신이 연주회장으로 들어가시는 모습을 단 한 번 본 후에 그런 꿈을 꾸게 되었지요.

그러나 무슨 이유로 제가 이 모든 것을 이야기하고 있는 것일까요? 이 광적이고 비극적이며 절망에 가득 찬 버려진 여자의 이야기를 저는 무슨 이유로 저를 알지도 못하고 짐작조차 못하시는 당신께 고백하고 있는 것일까요? 그때 저는 정말 철없는 어린아이였던 걸까요?

그 후 저는 열일곱 살이 되고 또 열여덟 살이 되었습니다. 길거리로 나가면 청년들이 저를 힐끔힐끔 쳐다보면서 관심을 보였지만 저는 그런 일들이 불쾌하기만 했습니다. 저에겐 사랑이든 유희이든 간에 당신 이외의 다른 사람을 두고 그런 생각을 한다는 것을 도저히 참을 수 없었기 때문입니다.

유혹이라는 말은 저에겐 죄를 짓는 것과 다를 것이 없었습니다. 당신을 향하여 타오르는 열정은 언제나 변함이 없었습니다. 다만 달라진 것이 있다면 저의 몸이 성숙해지고 관능이 깨어나면서 더욱 육감적이고 여성적으로 변해 갔던 것뿐입니다. 그래서 당신에게 바보 같기만 하던 어린아이, 당신의 방문 앞에서 벨을 눌렀던 그 어린아이로서는 감히 상상도 할 수 없었던 일을 하려고 했던 것입니다. 곧 당신께 저의 온몸을 바치고 내던지려는 결심을 하게 된 것이죠.

저의 주변 사람들은 수줍음 잘 타는 저를 보고서 아주 소심한 아이라고 입버릇처럼 말하곤 하였습니다. 저는 단 한 번도 제 안에 감춰 둔 비밀을 밖으로 털어놓은 적이 없었으니까요. 하지만 제 안에서는 강철처럼 굳센 의지가 자라나고 있었습니다. 저의 모든 생각과 뜻은 "비엔나로 돌아가야 해. 그곳에 계신 당신께 돌아가야지"라고 오로지 한쪽 방향에로만 쏠리고 있었습니다. 다른 사람으로서는 이해하기 힘든 일이었겠지만 저는 저의 의지를 갈수록 강하게 단련해 갔습니다.

저의 의붓아버지께서는 상당한 재력가로서 저를 친자식처럼 돌보아 주셨습니다. 그러나 저는 신세 지지 않고 스스로의 힘으로 돈을 벌겠다고 고집을 부렸죠. 결국 저는 어느 큰 양장점에 일자리를 얻어 비엔나에 있는 친척집으로 옮겨 올 수 있었습니다.

안개가 자욱한 어느 가을 날 저녁, 마침내 이곳에 왔습니다. 비엔나에 도착했을 때 제가 처음 발길을 향한 곳이 어디인지는 굳이 말씀드릴 필요도 없겠지요? 트렁크를 역에 맡기고 숨 돌릴 틈도 없이 전차에 올라탔습니다. 전차가 너무나 느릿느릿 가고 있다고 느껴지더군요. 조금 가다가 멈추고 또 멈추고 하면서 정류장마다 서는 전차가 제 신경을 곤두서게 하더군요.

내리자마자 저는 당신이 계신 집 앞으로 달려갔습니다. 당신의 창에 불이 켜진 것을 보는 순간 제 심장은 쿵쿵 뛰고 있었습니다. 왠지 모르게 낯설고 부산하기만 했던 비엔나가 이제야 비로소 활기를 찾았습니다. 그야 물론 당신을 가까이에 두고, 저의 영원한 꿈인 당신을 바로 곁에서 예감하였기 때문입니다.

하지만 그 예감은 꿈에 지나지 않았습니다. 당신 창의 반짝반짝 빛나는 얇은 유리를 사이에 두고 저의 불타오르는 눈길과 당신의 눈길이 마주치는 바로 그 순간에도 저라는 사람은 당신의 생각으로부터 아득히 멀리 떨어진 골짜기나 산악 지역, 강 건너편에 있었으니까요. 저는 당신의 창을 올려다보고 또 올려다보며 가만히 서 있을 뿐이었답니다.

그곳엔 불빛이 있고, 집이 있고, 당신이 계시고 또 저의 세계가 있었습니다. 2년 동안이나 이 순간만을 꿈꾸어 왔습니다. 이제 그 꿈이 이루어지는 순간이 눈앞에 다가온 것입니다. 안개가 자욱한 부드러운 그 가을 저녁에 저는 당신 방의 불이 꺼질 때까지 밑에 서 있었습니다. 불이 꺼진 뒤에야 제가 살 집을 찾기 시작했습니다.

그 날 이후 저는 매일 밤 당신 집 앞에 서 있었습니다. 저녁 6시까지 양장점에서 하는 일은 고되고 힘들었지만 일 자체는 제 마음에 들었습니다. 일에 빠져 있다 보면 당신을 보고 싶어하는 불안스런 조바심을 잊을 수 있었기 때문입니다.

영업 시간이 끝나서 가게의 셔터가 쿵 하고 닫히기 무섭게 저는 사랑의 목적지를 향해 달려갈 뿐이었습니다. 단 한 번만이라도 당신을 바라보는 것, 단 한 번만이라도 당신을 만나는 것, 그것이 저의 유일한 소망이었습니다. 먼발치에서나마 당신의 얼굴을 다시 한 번 볼 수만 있다면!

똑같은 행동을 되풀이하면서 약 1주일이 흘렀을 때 마침내 저는 당신을 보게 되었습니다.예기치 못했던 일이 단 한순간에 벌어지고 말았습니다. 제가 당신 방의 창을 올려다보며 기웃거리고 있을 때 저편에서 길을 건너오시는 당신의 모습이 보였습니다. 그 순간 저는 예전의 열세 살짜리 어린아이로 돌아갔습니다. 저는 부끄러워서 얼굴이 뜨겁게 달아오르는 것을 느꼈습니다. 당신의 눈길을 받으려고 그토록 갈구했었지만 그 순간에는 저도 모르게 제 마음의 타오르는 욕망으로부터 등을 돌려 고개를 숙인 채 무언가에 쫓기는 사람처럼 당신 곁을 살짝 스쳐 지나가 버리고 말았지요.

나중에 생각해 보니 제가 여학생처럼 수줍어하며 달아난 것이 몹시 부끄러워지더군요. 당신을 만나야겠다는 저의 결심이 단호했기 때문입니다. 그런 마음으로 당신을 찾아갔던 것입니다. 그랬기 때문에 저는 그리움으로 저물어버린 세월을 떠나보내고 당신에게 인정받고자 했습니다. 저는 당신에게 존중받는 사람이 되고 싶었습니다. 당신에게 사랑받는 여자가 되고 싶었습니다.

그 후 오랜 시간이 흘러갔지만 여전히 당신은 제가 누구인지를 알아차리지 못했습니다. 매일 저녁, 눈보라 치는 날에도, 살을 도려낼 듯이 몰아치는 비엔나의 바람 부는 날에도, 당신 집 골목을 서성거렸던 사람이 있었다는 것을 당신은 모르고 계셨습니다. 어느 날엔 당신을 기다리느라 몇 시간을 헛되이 흘려보낸 적도 있었습니다. 그 때 비로소 저는 제가 어른이 되었다는 것을 느끼게 되었습니다. 예전과는 비교할 수 없는 성숙한 여자의 감정이 피어나는 것을 느꼈습니다. 당신이 어느 여인과 팔짱을 끼고 걷는 모습을 제가 바라보는 순간, 갑자기 요동치는 심장의 격한 고동소리가 제 영혼을 뚫고 솟아오르고 있었으니까요.

물론 충격은 그렇게 심한 편은 아니었습니다. 소녀 시절부터 이런 여인들이 당신 집을 방문하는 것을 심심찮게 보아 왔기 때문입니다. 그런데 지금은 갑자기 저의 몸에 어딘가 모르는 곤란함이 생긴 듯하고, 제 안에서 무엇인가가 팽팽히 솟구치는 것을 느낍니다. 그래서인지는 몰라도 당신이 다른 여인들과 드러내 놓고 육체적 친밀함을 보이는데 대해 적개심과 질투를 동시에 느꼈습니다.

어느 날엔가는 아직까지도 남아 있는 소녀 시절의 저항감을 불러일으켜 의식적으로 당신의 집을 멀리하려고 시도한 적도 있었습니다. 그러나 당신에 대한 저항과 항변의 대가로 받은 그 날 밤의 허전함은 처절할 만큼 무서웠습니다. 다음 날 저녁에는 언제 그랬냐는 듯 다시 그 집 앞에서 비굴하게 당신을 간절히 기다리고 있었습니다. 저는 제 운명을 다 바쳐 당신의 굳게 닫힌 인생의 문 앞을 지키고 서 있었습니다.

그런데 마침내 어느 날 저녁 당신이 제 존재를 의식하게 될 기회가 왔습니다. 저는 멀리서 당신이 오시는 것을 볼 수 있었습니다. 이번 만큼은 당신을 피하지 않겠다고 단호하게 마음먹었습니다. 우연인지는 몰라도 트럭이 길에다 짐을 내려놓는 바람에 길이 좁아지면서 당신은 제 곁에 바짝 붙어 길을 지나가야만 했습니다.

당신의 무심한 눈길이 저에게 다가왔습니다. 당신의 그런 눈길과 저의 관심 어린 눈이 마주치는 순간, 떠오르는 지난날의 추억에 화들짝 놀라고 말았습니다. 그 즉시 당신의 눈길은 여성적인 눈길로 변해 갔습니다. 감미롭게 끌어안으며 동시에 살며시 옷을 벗기는 유혹의 눈길로 변하는 것이었습니다. 그것은 어린아이에 묶여 있던 저를 처음으로 여인으로 만들어 주었습니다. 잠들어 있던 사랑을 일깨워 준 눈길, 너그러우면서도 포승줄로 꽁꽁 결박하는 듯한 눈길이었습니다.

당신의 그 눈길이 아주 잠깐 제 눈 위에 닿았습니다. 저는 그 눈길을 피할 수 없었고, 피하고 싶은 마음도 없었습니다. 당신은 제 곁을 스쳐 지나갔습니다. 제 심장은 두근거렸고, 걷고 있던 발길이 저도 모르게 서서히 멈추고 있었습니다.

호기심을 참을 수 없어 뒤를 돌아보았습니다. 당신도 우두커니 멈춰 서서 저를 바라보고 계셨죠. 저에 대해 많은 것을 알고 싶다는 표정으로 저를 뚫어지게 바라보고 계셨습니다. 당신의 표정만 보고도 저는 알 수 있었습니다. 제가 누구인지 당신이 짐작조차 못하신다는 것을 말입니다.

그 때 당신은 제가 누구인지 알아보지 못하셨습니다. 그 후에도 계속 마찬가지였죠. 사랑하는 님이시여! 그 순간에 제가 겪은 참담한 절망감을 어떻게 형언할 수 있겠습니까. 제가 당신의 기억 속에 새겨지지 못하는 슬픈 운명을 그 때 처음으로 가슴 아프게 견뎌 내야만 했습니다. 살아 있는 동안 겪었던 그 운명을 죽어서도 가슴에 간직한 채 가져갈 것입니다. 당신에게 기억되지 못하는 여인으로 남는다는 것이 저의 운명이라면, 아니 영원히 기억되지 못하고 죽어야 한다는 것이 저의 타고난 운명이라면 그것을 받아들여야 하겠지요.

그 당시 저를 사로잡던 절망을 어떻게 설명해야 당신께서 이해하실 수 있을까요? 2년 동안 저는 인스부르크에 머물면서 단 한순간도 당신을 잊은 적이 없었습니다. 그 세월이 흐르는 동안 저의 머릿속을 가득 채운 것은 비엔나에서 당신과 다시 만날 생각뿐이었습니다. 가장 행복한 순간만을 생각한 것은 아니었습니다. 가장 불행한 순간도 생각해 보곤 했었지요. 당신과 나 사이에 일어날 수 있는 사건들을 이것저것 모두 다 그려 보곤 했었습니다.

마음이 울적해질 때 떠오르는 상상이 있었습니다. 제가 너무 보잘것없이 뻔뻔스럽고 흉측하게 당신에게 치근대는 바람에 당신이 저를 떼밀어 내며 경멸을 퍼붓는 꿈이었습니다. 무뚝뚝하고 싸늘한 당신의 표정, 제게 아무 관심이 없는 듯한 당신의 얼굴, 당신의 그 모든 모습을 열정적으로 상상하면서 날날이 꿈꾸어 보았습니다. 그러나 아무리 나쁜 감정으로 당신의 모습을 그려 볼 때에도, 당신에게 비추어지는 저의 모습을 가장 좋지 않은 것으로 상상할 때에도, 제가 당신의 뇌리에 전혀 기억되지 못하는 여인으로 남아 있었다는 그 끔찍한 사실만큼은 미리 짐작조차 할 수 없었습니다.

오늘에야 비로소 저는 그 사실을 똑똑히 알게 되었습니다. 아, 제가 그것을 깨달을 수 있도록 가르쳐 주신 분은 바로 당신이십니다. 제가 잘 알고 있는 사실이 또 한 가지 있습니다. 남자의 눈에 비추어지는 소녀의 얼굴, 아니 여인의 얼굴이란 언제나 변해 가는 것이라는 사실입니다. 여인의 얼굴은 열정적으로 달아오르다가도 언제 그랬던가 싶게 순수해지며 권태로운 빛을 반사하는 거울이 되기도 합니다. 마치 거울 표면이 비추어 주는 형상처럼 갖가지 모습으로 때마다 달라지는 것이 여인의 얼굴이죠.

그러므로 남자에게 어떤 여인의 얼굴이 쉽사리 잊혀지는 것도 무리는 아닙니다. 여인의 얼굴에서 읽을 수 있는 나이는 묘한 인생의 내력을 나타내며, 어떤 옷을 입느냐에 따라 제각기 다른 얼굴이 나타나기 때문입니다.

하지만 그때 그 시절에 저는 아직 소녀에서 벗어나지 못했었기에 당신이 저의 존재를 잊으신 것을 이해할 수 없었습니다. 마음속에서 당신만을 애타게 갈망하는 환상이 걷잡을 수 없이 불타오르고 있었던 까닭에 당신도 조금이나마 저를 생각하고 기다리셨어야 마땅하다는 생각이 들었습니다. 저라는 여인이 당신에게 아무 의미가 없는 존재라는 것을 알았더라면, 당신의 마음속에 저에 대한 기억이 단 한 점도 남아 있지 않음을 처음부터 알았더라면, 지금까지 제가 어떻게 숨결을 붙들고 살아남을 수 있었겠습니까?

저를 향하시는 당신의 눈길을 마주친 후에야 저는 어두운 잠에서 깨어났습니다. 저는 당신에게 전혀 알려지지 않은 여인이었습니다. 저는 당신 인생의 거미줄에 전혀 걸려든 적이 없는 여인이었습니다. 과거를 돌아보시는 당신의 회상의 그물망에 걸려들 기미조차 없었던 것이 저의 인생이었던 것입니다. 그것은 제가 현실의 나락으로 추락한 최초의 사건이자 제 운명의 먹구름을 예감한 최초의 순간이었습니다.

그 때에도 당신은 저를 알아보지 못하셨습니다. 이틀

후, 제 눈길이 당신의 눈길과 다시 마주치자 당신은 알 수 없는 호의를 보이셨죠. 당신의 눈길은 저에게 무언가 감사를 표시하는 것 같았습니다. 하지만 당신이 저를 알아보지 못하시는 것은 여전하였습니다. 당신에게 기억되는 저는 당신을 사랑하는 여인도 아니고, 당신이 잠에서 깨워 놓은 여인도 아니었습니다. 이틀 전에 같은 곳에서 우연히 마주친 귀여운 열여덟 살 소녀였을 뿐입니다.

당신은 저의 다정다감한 표정에 놀란 사람처럼 저를 바라보면서 입가에는 살며시 미소를 띄고 계셨습니다. 저의 곁을 지나가시던 당신은 발걸음을 늦추셨습니다. 저는 감격에 겨워 떨리는 몸을 주체할 수 없었답니다. 당신이 저를 보고 말을 걸어 주시길 하나님께 간절히 기도했습니다. 당신으로 인하여 저는 살아 있는 존재임을 난생 처음 느꼈습니다.

당신을 피하지 않으려고 저의 발걸음을 천천히 늦추었습니다. 돌아보진 않았지만 저는 당신이 등 뒤에 계신 것을 알았습니다. 당신의 사랑스러운 목소리가 곧 들려올 것이라고 생각했습니다. 감당하기 어려울 만큼 솟구치는 희망에 일순간 온몸이 마비되는 것을 느꼈습니다. 저는 한 걸음도 앞으로 나아갈 수 없었습니다. 제 심장이 쿵쿵 뛰고 있을 때, 당신은 제 곁으로 걸어오셨습니다. 오랫동안 잘 알고 지낸 사람처럼 당신은 부담 없이 명랑하게 말을 걸어 오셨습니다.

아, 당신은 제가 누군지 짐작조차 하지 못하셨습니다. 제 인생의 어느 한 부분에 대해서도 알고 계신 것이 없었으니까요. 그러나 저 같은 겁쟁이도 거리낌 없이 맞이할 만큼 당신의 목소리는 가슴에 스며드는 듯 너무나 매혹적이었습니다. 우리는 골목길이 끝나는 곳까지 함께 걸었습니다. 문득 당신은 함께 식사하지 않겠냐고 저에게 물어보셨죠. 저는 당신의 호의를 받아들였습니다. 어떻게 제가 당신을 거부할 수 있었겠습니까?

작은 레스토랑에서 우리는 함께 저녁식사를 나누었습니다. 그 식당이 어디에 있는지 혹시 기억하시는지요? 기억이 가물가물하시겠지요. 당신은 저와 함께했던 그 날의 저녁식사 자리를 여느 여인들과 가졌던 비슷한 만남으로 착각하고 계시겠지요. 저라는 여인이 당신께 무슨 의미가 있었겠습니까? 수많은 여인들 가운데 한 여인이었을 뿐이죠. 끝없이 얽히고 이어진 연애 관계의 그물망 속에서 생겨난 하나의 모험에 불과했으니까요. 제가 누구인지 기억해 내실 여지가 당신께 남아 있는 것인가요?

그 저녁 식사 자리에서 저는 당신께 드릴 말이 거의 없었습니다. 당신을 마주 보고 당신의 목소리를 듣는 것만으로도 행복에 겨웠기 때문입니다. 단 한순간이라도 우리의 만남을 의미 없는 질문이나 어리석은 말로써 허비하고 싶은 생각이 없었습니다. 그 날 함께했던 시간에 대해 당신께 감사하는 마음을 지금도 간직하고 있답니다. 그 때 열광적으로 타오르던 저의 존경심을 당신이 제 가슴에 넘치도록 채워 주셨던 것을 아직도 잊을 수 없습니다. 저를 대하실 때의 그 부드럽고 홍겹고 기품이 있는 당신의 태도를 어찌 잊을 수 있겠습니까?

예의에서 벗어나시는 행동은 전혀 볼 수 없었습니다. 여인에게 희롱하는 태도도 찾을 수 없었습니다. 신뢰감이 넘치는 당신의 친절은 처음부터 끝까지 변할 기미가 없었습니다. 제 모든 의지와 제 존재의 본질이 오래전부터 당신에게 속해 있지 않았더라도 당신의 그런 태도로 인하여 당신은 제 마음을 가져가셨을 것입니다. 아, 당신은 짐작조차 못하실 것입니다. 5년 동안이나 품어 왔던 천진한 기대를 당신은 조금도 무너뜨리지 않으셨다는 것을! 바로 당신이 제게 감당키 어려운 기쁨을 안겨 주셨다는 사실을!

밤이 깊어져서 우리는 자리에서 일어났습니다. 레스토랑 문 앞에서 당신은 "바쁘지 않으면 시간을 좀 더 내줄 수 없겠습니까?" 하고 제게 물어보셨습니다. 저는 거부할 수 없었습니다. 당신이 원하시는 곳이면 어디든 따라 나설 마음의 준비가 돼 있었으니 어떻게 거부할 수 있었겠습니까? 저는 시간의 여유가 있다고 대답했습니다. 그러자 당신은 조금 주저하던 기색을 재빨리 바꾸며 제게 잠시 집에 들러 이야기를 조금 더 나누는 게 어떻겠느냐고 물어보셨습니다.

저는 "그러겠어요"라고 제 마음에서 우러나오는 대로 솔직히 대답했습니다. 그러나 곧 저의 대답이 뭔가 잘못됐음을 깨달았습니다. 제가 너무 빨리 당신의 제안을 받아들이자 당신은 기뻐하는 것 같으면서도 왠지 고통스러운 듯한 표정을 지으셨기 때문입니다. 여하튼 당신이 깜짝 놀란 것만큼은 숨길 수 없었습니다.

당신이 왜 놀라셨는지 그 이유를 저는 잘 알고 있습니다. 제가 알고 있기로는 여자들이란 남자에게 몸을 허락하려는 욕망이 자신의 내부에서 불타오르는 때에도 처음엔 받아들이는 자세를 부인하기 마련입니다. 속으론 그렇지 않으면서도 짐짓 경악한 것처럼 위장하거나 분노한 것처럼 속이는 것이 보통이기 때문입니다. 그러니까 남자로부터 거짓 약속이나 맹세를 받아 낸 다음에야 마음이 놓이는 척하면서 스스로 가장했던 분노를 가라앉히는 거랍니다.

이제는 저도 그것을 알 만한 때가 되었답니다. 남자의 청을 그토록 쉽게 받아들이는 것은 대부분 직업적인 여성들, 창녀들이거나 아주 순진하고 아직은 덜 성숙한 계집아이들밖에 없다는 것을 말입니다. 그것을 알고도 당신의 청을 주저 없이 받아들인 제 마음을 당신이 어떻게 헤아릴 수 있었겠습니까? 오직 당신께만 말하고 싶어 했던 저의 의지, 오직 당신만을 갈망했던 수많은 동경의 하루하루가 제 내부에서 꿈틀대고 있다가 공처럼 한데 뭉쳐 당신을 향해 튀어나온 것이었습니다.

여하튼 당신은 저의 특이함에 놀라셨고 제게 흥미를 느끼기 시작하셨습니다. 나란히 길을 걸어가면서 이야기를 나누는 동안에도 당신은 놀라움을 숨기지 못한 표정으로 저의 모습을 찬찬히 살펴보셨습니다. 인간이 가질 수 있는 모든 것 중에서도 유독 마성적인 특성을 갖고 있을 만큼 당신의 감각은 타고났나 봅니다. 귀엽고 유혹에 들떠 보이는 소녀에게서 아주 특이한 점을 놓치지 않고 즉시 찾아내셨으니까요.

저는 당신의 마음속에 꿈틀대며 일어서는 호기심을 보았습니다. 당신이 슬며시 던지시는 질문의 조심스러움을 느꼈습니다. 그 때 저는 당신이 제 속에 묻혀 있는 비밀을 캐내려 한다는 것을 알 수 있었습니다. 하지만 저는 그렇게 하시려는 당신을 피했습니다. 당신께 제 비밀을 알리는 것보다는 차라리 어리석게 보이는 것이 더 낫다고 생각했습니다.

우리는 함께 당신 방으로 올라갔습니다. 그 집의 복도와 계단이 제게 얼마나 그립고 소중한 것이었는지 당신은 모르실 겁니다. 제가 얼마나 혼란스럽고 또 얼마나 미칠 것처럼 행복했었는지 당신은 짐작조차 못하실 겁니다. 사랑하는 님이시여, 이렇게 말씀드릴 수밖에 없는 저를 부디 용서해 주십시오. 그 날의 일을 생각만 하면, 지금도 흐르는 눈물을 막을 수 없습니다. 그리고 그 날 제가 느꼈던 행복 이상의 것을 지금까지 단 한 번도 바란 적이 없습니다. 그 날 그곳에 있던 모든 사물들 하나하나가 제 열정을 말해 주는, 제 소녀 시절의 상징이자 동경의 대상이었던 것을 부디 알아주십시오.

몇 천 번이나 그 앞에 서서 당신을 간절히 기다렸던 그 문, 언제나 당신의 발소리를 듣고자 귀 기울였던 그 계단, 그곳은 제가 처음 당신을 만났던 장소였답니다.

추억을 되살리는 것들은 그것 말고도 많았습니다. 제 영혼이 동경하던 당신을 은밀히 내다본 문구멍, 당신을 보기 위해 언젠가 무릎을 꿇었던 문 앞의 양탄자, 그리고 누가 볼까 봐 남몰래 숨어 있을 때마다 저를 깜짝 놀라게 했던 열쇠의 달그락거리는 소리가 바로 그런 것들이랍니다. 저의 모든 열정과 제 어린 시절의 모든 것이 불과 몇 미터 안 되는 그 공간에서 보금자리를 꾸몄던 것입니다. 바로 그 보금자리 안에 제 인생의 전부가 살아 숨쉬고 있었지요.

그런데 마침내 이제 제가 품어 왔던 모든 소망이 이루어질 때가 되었습니다. 당신과 함께 당신의 방으로, 아니 우리 둘만의 방으로 들어가려는 그 순간에, 강렬한 환상이 폭풍처럼 제게 몰려오며 소용돌이치더군요. 제 얘기를 진지하게 들어 주세요. 당신에겐 식상한 얘기처럼 들릴지도 모르겠지만 달리 표현할 길이 없으니까요. 당신의 문 앞에 이르기 전까지 저의 모든 현실은 음울한 날의 연속이었습니다. 하지만 당신의 방 안에 들어서면서부터 아이들이 꿈꾸는 동화의 마술 세계와 알라딘의 왕국이 펼쳐지기 시작했습니다.

불타오르는 눈동자로 수없이 바라보았던 그 문을 환상에 취해 비틀거리며 지나갔습니다. 그 모습을 한번 생각해 보세요. 사랑하는 님이시여! 당신은 어렴풋이나마 저의 심정을 헤아려 볼 수는 있을 것입니다. 그러나 헤아려 볼 수는 있어도 결코 이해하시지는 못할 것입니다. 불현듯 솟아 나온 이 기쁨이 제 인생으로부터 무엇을 빼앗아 갔는지 도무지 이해하실 수 없을 것입니다.

그 날 밤이 새도록 저는 당신 곁을 떠나지 않았습니다. 당신 말고는 어떤 남자도 제 몸을 건드린 적이 없고 제 몸을 본 일조차 없다는 것을 당신은 상상하지 못하셨습니다. 그러나 사랑하는 님이시여! 어떻게 그 사실을 당신이 상상하실 수 있었겠습니까? 진심으로 얘기하자면 저는 아무런 저항도 하지 않았습니다. 부끄러워하며 망설이는 기색도 없었습니다. 다만 오랫동안 제 안에 간직해 왔던 사랑의 비밀을 당신이 알아차려 소스라치게 놀라실까 봐 그것이 두려울 뿐이었습니다.

당신은 그저 부담스럽지 않고 그다지 심각하지 않게 즐길 수 있는 것만을 원하셨기 때문입니다. 어떤 운명의 톱바구니에 끼어드는 걸 당신이 싫어하신다는 것을 제가 알고 있었으니까요. 당신, 바로 당신이라는 사람은 세상의 모든 일을 부담 없이 즐겨 보려고 할 뿐, 누군가를 위해 희생하려는 마음은 조금도 없는 분이지요.

사랑하는 님이시여! 제가 지금 당신께 제 처녀성을 바쳤다고 말씀드린다 해도 제발 제 마음을 오해하지는 말아 주세요! 당신을 탓할 생각은 전혀 없으니까요. 당신이 저를 유혹하거나 기만한 것도 아니고, 저를 강제로 끌고 가신 것도 아니니까요. 사실은 제가, 바로 제 자신이 당신께 달려들어, 당신의 가슴에 제 운명을 송두리째 던진 것이니까요. 그런데 어떻게 제가 당신을 원망할 수 있겠습니까? 오히려 당신께 감사하는 마음이 변치 않을 거예요.

그 날 당신과 함께 누렸던 풍요로움, 찬란했던 욕망의 불꽃, 하늘을 나는 듯한 행복감을 말로는 다 표현할 수 없답니다. 어둠 속에 잠들었던 제가 문득 눈을 떠서 제 곁에 누워 계시는 당신을 느꼈을 때, 제 머리 위에 어찌하여 별들이 떠다니지 않는 것인지 이해할 수 없었습니다. 그토록 저는 당신과 함께 있는 하늘을 꿈꾸었으니까요.

아, 사랑하는 님이시여! 저는 결코 후회하지 않습니다. 아니, 저는 당신과의 그 순간을 단 한 번도 후회한 적이 없습니다. 지금도 잊을 수 없습니다. 잠들어 계신 당신 곁에 누워 당신의 숨소리에 귀 기울이는 순간, 그리고 당신의 육체를 느끼면서 바로 당신 곁에 제가 있음을 뚜렷이 알게 되는 순간, 저는 벅차오르는 행복감을 못 이겨 어둠 속에서 숨죽여 울었답니다.

이튿날 아침 일찍 저는 그곳을 떠났습니다. 직장에 출근해야 하기도 했지만, 당신의 집사가 오기 전에 빨리 떠나야겠다는 생각이 앞섰지요. 그 요한이라는 하인을 마주 대할 면목이 없었으니까요. 옷을 입은 제가 당신 앞에 섰을 때 당신은 저를 껴안고 오랫동안 제 얼굴을 음미하셨습니다. 혹시 그것은 당신의 기억 속에 안개처럼 아른거리는 어렴풋한 추억 때문이었을까요? 아니면 당신의 눈에 비친 제가 정말 아름다운 여인으로 보였던 까닭인가요?

확실한 것은 알 수 없었지만 바로 그 다음에 당신은 제게 입을 맞추셨습니다. 저는 살며시 당신 품을 벗어나서 떠나려고 했습니다. 그러자 당신은 이렇게 물으시더군요. "꽃을 몇 송이 가져가시지 않겠어요?"

저는 가져가겠다고 대답했습니다. 당신은 책상 위에 있

던 파란 유리 꽃병에서 네 송이의 하얀 장미를 뽑아 저에게 주셨습니다. 어린 시절 단 한 번 훔쳐보았던 그 꽃병을 저는 아직도 기억하고 있답니다. 그 후 당신으로부터 받은 그 꽃송이에 며칠 동안 수없이 입을 맞추고 또 맞추었습니다.

헤어지기 전에 우리는 다음에 만날 날을 약속했지요. 약속한 날에 우리는 또다시 멋진 밤을 함께 보냈습니다. 그 후 저는 당신으로부터 세 번째 밤을 선물받았답니다. 그러고 나서 당신은 갑자기 여행을 떠나야겠다고 말씀하시더군요. 아, 제가 계집아이 시절부터 그 여행을 얼마나 미워했던지 당신은 모르실 겁니다. 당신은 돌아오시는 대로 곧 제게 연락하겠노라고 약속하셨습니다. 그 때 저는 당신께 사서함 주소만을 드렸었죠. 당신께 제 이름을 알리고 싶지 않았으니까요. 저는 끝까지 비밀을 털어놓지 않았습니다. 그렇게 헤어질 때에도 당신은 변함 없이 몇 송이 장미꽃을 작별 인사로 건네주셨습니다.

두 달 동안 하루도 빠짐없이 저는 당신이 보고 싶어 목이 말랐습니다. 하지만 도대체 무슨 이유로 저는 기다림과 절망뿐이었던 그 지옥 같은 고통의 나날들을 당신께, 바로 당신께 고백하려는 것일까요? 누가 뭐래도 저는 당신을 원망하지 않습니다. 저는 당신의 있는 그대로를 사랑합니다. 정열적으로 타오르다가도 쉽게 식어 버리고, 무엇엔가 몰두하다가도 이내 태만해지는 당신의 있는 그대로의 모습을 사랑합니다. 언제나 그 모습을 지녀 오셨고 지금도 변함 없이 그대로이신 당신 그 자체를 깊이 사랑합니다.

그러나 당신이 여행으로부터 돌아오신 지 많은 나날이 흘렀더군요. 저는 환하게 불이 켜진 당신의 창을 보고 그것을 알 수 있었지요. 그런데 당신은 제게 단 한 번의 연락조차 없었습니다. 이 마지막 순간이 되도록 당신에게서 단 한 줄의 소식조차 받지 못했습니다. 제 인생을 송두리째 바친 당신에게서 단 한 줄의 문장도 받아 읽지 못했습니다. 저는 당신을 기다리고 있었습니다. 가슴이 무너진 여인으로서 애타게 기다리고 있었습니다. 그러나 당신은 끝내 저를 부르지 않았습니다. 단 한 통의 편지도… 단 한 줄의 소식도….

어제 제 아이가 세상을 떠났습니다. 물론 그 아이는 당신의 아이이기도 합니다. 사랑하는 님이시여! 당신께 진실을 말씀드리오니 그 아이는 당신과 제가 사랑을 나누던 사흘 동안에 생긴 우리 두 사람의 분신입니다. 죽음의 그림자 앞에 서 있는 제가 어떻게 거짓말을 하겠습니까? 당신께 제 몸을 드린 그 순간부터 아이가 생겼던 날까지 저는 단 한 남자와도 만난 적이 없었습니다. 당신과 제가 한 몸이 된 후부터 제 몸을 신성하게 여겼으니까요. 제 모든 것을 드렸던 당신이 살아 계시거늘 제가 어떻게 지나가는 다른 남자와 몸을 섞을 수 있겠습니까?

사랑하는 님이시여! 그 아이는 바로 우리의 아이였습니다. 그 아이는 저의 피끓는 사랑과 당신의 가볍고 방종한 애욕이 만들어 놓은 우리의 혈육입니다. 그 아이는 저의 간절한 사랑과 당신의 아무 뜻이 없는 욕망 사이에서 태어난 우리의 유일한 자식이었습니다. 저의 이 말에 당신은 놀라움을 금치 못하며 창백해진 얼굴로 물어보실 것입니다.

사랑하는 님이시여! 지금 당신은 이렇게 묻고 계실 것입니다. 어째서 제가 그 아이를 숨겨 왔으며 또 무슨 이유로 그 아이가 세상을 떠난 지금에서야 하필이면 지난 이야기를 꺼내느냐고 말입니다. 어째서 아이가 영원히 잠들어 있는 이 순간에 이르러서야, 어째서 죽음의 여행을 떠나 다시는 이곳으로 돌아오지 못할 이 지경에 이르러서야 굳이 지난 이야기를 털어놓느냐고 말입니다.

맞습니다. 아이는 다시는 제 곁에 돌아오지 못한답니다. 그러나 아이가 살아 있을 적에 말씀드렸어도 무슨 소용이 있었겠습니까? 제가 사실을 고백했더라도 당신은 결코 믿지 않으셨겠지요. 처음 보는 여인의 말을 어떻게 믿으셨겠습니까? 사흘 밤이 지나도록 단 한 번의 거부도 없이 갈구하듯 당신께 온몸을 바친 저라는 여인의 말을 당신이 믿으셨을 리 없습니다. 길거리에서 만난 이름 모를 어느 여인이 당신을 위해 정조를 지켜 왔다는 것을, 그것도 자신에게 태만한 남자인 당신을 위해 정조를 지켜 왔다는 것을 어떻게 믿으실 수가 있었겠습니까? 당신은 생각할 여지 없이 그 아이를 당신의 자식이 아니라고 부인하셨을 것입니다. 제가 꽤 그럴듯한 말로 당신을 설득한다고 해도, 제가 다른 남자의 아이를 돈 많은 당신께 떠넘기고 무언가를 얻으려 한다는 혐의를 버리지 않으셨을 것입니다.

만약 제가 아이에 대해 이야기를 꺼냈더라면 당신은 저를 의심하셨겠지요. 당신과 저 사이를 갈라놓는 불신의 그림자가 드리워졌을 것입니다. 제가 어떻게 그것을 바라겠습니까? 저는 당신이 어떤 분인지 잘 알고 있습니다. 당신 자신보다 당신에 대해 더 잘 알고 있는 사람은 바로 저입니다. 남녀 간의 애정 문제에 있어서는 단 한 점의 근심도 갖지 않으려는 것이 당신의 타고난 기질이지요. 홀가분하게 유희를 즐기려는 것이 당신의 천성이랍니다. 그런데 당신이 난데없이 아버지로서 한 아이의 운명을 책임져야 한다는 말을 듣는다면 당신은 고통을 견디기 어려웠을 것입니다. 자유로운 환경이 아니고서는 전혀 숨조차 쉴 수 없는 당신이라는 사람이 저에게 꽁꽁 묶여 있다고 느낀다면 당신이 받을 고통을 상상이나 할 수 있을까요?

저는 당신을 잘 아는 사람입니다. 당신은 스스로의 양심을 억누르면서까지 저에 대한 구속감에 못 이겨 저를 미워하셨을 것입니다. 제가 단 몇 시간이라도 당신에게 귀찮은 존재로 느껴졌다면, 불과 몇 초 만이라도 당신에게 제가 거북한 존재로 느껴졌다면 틀림없이 당신은 저를 혐오하셨을 것입니다. 하지만 저는 제 자존심을 지키며 살고 싶었습니다. 그렇게 함으로써 당신이 관계한 수많은 여인들 가운데 당신이 언제나 사랑과 감사의 마음을 품을 수 있는 단 한 명의 여인이 되고 싶었던 것입니다. 그러나 당신은 저를 단 한순간도 생각하시지 않았고 저를 기억의 저편으로 흘려보내셨습니다.

사랑하는 님이시여! 저는 당신에게 원망을 품지 않았습니다. 제 앞에 어떤 일이 닥친다 해도 결코 당신을 원망하지 않을 것입니다. 설령 제가 쓰고 있는 펜으로부터 원망 섞인 한 방울의 잉크가 종이에 번져 갈지라도 부디 용서하시기 바랍니다. 제 마음과는 다르게 그런 경우가 생기더라도 부디 용서해 주세요! 하늘하늘 하느작거리는 저 촛불 아래 저의 아이이자 당신의 아이가 숨결을 잃고 잠들어 있습니다. 저는 주먹을 움켜 쥐고 하느님을 향해 '살인자'라고 부르짖어 보기도 했습니다. 그렇게 혼란스러울 만큼 저의 이성은 흐려져 있습니다. 분별 없이 슬픔에만 빠져 있는 저를 부디 용서해 주세요.

저는 잘 알고 있답니다. 당신은 선량하신 분이고, 마음

깊은 곳에 뜨거운 연민을 간직하고 계신 분이라는 사실을 말입니다. 당신은 누구에게나 친절하신 분입니다. 당신에게 도움을 요청하는 누구에게나 후한 마음을 베풀어 주시는 분이니까요. 당신의 친절은 그것을 붙잡으려고 애쓰는 사람들에게는 제한 없이 열려 있습니다. 그만큼 당신의 친절은 크고 무한합니다.

하지만 당신의 친절은 몹시 게으른 친절이기도 합니다. 이렇게 말하는 저를 용서하세요. 당신의 친절은 최선을 다해 매달려서 받아내려고 할 때만이 받을 수 있는 친절입니다. 누구든지 당신을 부르고 당신에게 도움을 청하면 당신은 기꺼히 도움의 손길을 내밀어 줍니다. 그러나 그 친절은 당신의 부끄러움이나 유약함 때문에 마지 못해서 나오는 친절일 뿐이지 자발적으로 마음에서 우러나오는 친절은 아닙니다.

솔직히 말씀드릴게요. 당신은 가난과 고통에 시달리는 사람들보다는 행복한 친구들을 더 좋아합니다. 당신처럼 어느 누구보다도 관대해 보이는 사람이 사실은 무언가를 부탁하기에 가장 까다로운 사람입니다.

어린 시절에 저는 열쇠 구멍을 통해 본 적이 있었지요. 어느 거지가 당신 방의 초인종을 누르고 당신께 무엇인가 얻어 가는 것을 우연히 보게 되었습니다. 그 거지가 손을 내밀기도 전에 당신은 재빨리 그에게 무언가를 건네주셨지요. 그의 구걸하는 말을 듣기도 전에 눈 깜짝할 사이 무언가를 그에게 주셨습니다. 그렇지만 당신이 그렇게 하신 이유가 있습니다. 그 거지에게서 초조함과 불안감을 느끼면서 그가 빨리 사라져 주기만을 원하셨기 때문이죠. 당신이 그의 눈길을 애써 외면하는 것처럼 보였답니다.

그렇게 불안해하시는 당신의 겸연쩍은 표정을 잊을 수가 없습니다. 상대방에게 도움의 손길을 내밀면서도 감사의 마음을 받기 두려워하던 당신의 태도를 잊어버리기 힘듭니다. 당신의 그런 태도를 이미 잘 알고 있었던 까닭에 저는 당신에게 그 어떤 도움도 청하지 않았던 것이지요. 아이에 대해서도 어떤 태도를 보이실지 저는 훤히 알고 있습니다. 제가 말씀을 드렸더라면 당신은 그 아이가 당신의 아이라는 증거가 없어도 제 말을 믿어 주셨을 것입니다.

게다가 당신은 저의 마음을 위로하시는 데 그치지 않고 돈을, 그것도 꽤나 두둑한 돈을 주셨을 겁니다. 그렇게 행동함으로써 불편한 상황과 초조한 심정에서 하루속히 벗어나고자 애를 쓰셨을 것입니다. 어쩌면 아이가 태어나기 전에 빨리 그 문제를 해결하라고 요구했을지도 모를 일이죠.

제가 가장 염려한 것은 바로 그것입니다. 당신이 아이의 문제를 해결하라고 하시면 저는 당신의 말을 따를 수밖에 없었을 테니까 말입니다. 당신의 청을 제가 어떻게 거부할 수 있었겠습니까? 하지만 그 아이는 저에게 둘도 없이 소중한 제 인생의 전부였습니다. 그 아이는 당신에게서 부여받은 또 하나의 당신이었습니다. 그 아이는 저의 손으로 결코 붙잡을 수 없는 행복하고 방종한 당신이 아니라, 영원히 저에게 붙잡힌 또 하나의 당신이었습니다. 보잘것없는 저의 생각일지는 몰라도 저의 온몸과 연결되어 제 인생을 움직이는 생명줄은 바로 그 아이였습니다.

마침내 저는 그 아이를 통해 당신을 붙잡을 수 있었습니다. 제 온몸의 혈관 속에서 당신의 생명이 무럭무럭 자라고 있는 것을 느꼈으니까요. 저는 당신에게 하듯이 그 아이를 키우고, 젖을 물리고, 어루만질 뿐만 아니라 입을 맞출 수도 있다는 기쁨에 사로잡혀 전율하였습니다. 사랑하는 님이시여! 온몸이 떨려오는 그 기쁨을 당신은 짐작이나 하실 수 있겠는지요? 그런 까닭으로 저는 당신의 아이를 가진 것을 알았을 때 행복을 주체할 수 없었답니다. 당신께 아무 말을 하지 않았던 것도 그 때문입니다. 이제는 더 이상 제게서 도망칠 수 없는 당신을 가졌기 때문입니다.

사랑하는 님이시여! 하지만 그렇게 지나간 몇 달은 제가 미리 머릿속에 그려 본 것처럼 행복하기만 한 세월은 아니었습니다. 그것은 마지막을 알 수 없는, 두려움과 고통으로 가득 찬 시간이기도 했습니다. 인간이 이토록 비천할 수 있는가를 생각할 때마다 치밀어 오르는 구토로 그 몇 달의 세월을 가득 채웠습니다. 저로서는 하루하루를 버텨내기가 쉽지 않은 날들이었습니다. 혹시 친척의 눈에라도 띄어 아이를 가졌다는 소식이 집에 전해질까 두려워 만삭을 앞둔 얼마 동안은 가게에 나가 보지도 않았답니다. 어머니에게서는 단 한 푼의 돈도 받고 싶지 않았기 때문에 제가 갖고 있던 보석 몇 개를 팔아서 아이를 낳는 날까지 근근히 생계를 이어 갔습니다.

그런데 출산일을 단 1주일 앞두고 장롱 속에 보관해 두었던 마지막 몇 크로네를 세탁부에게 도둑맞는 일이 벌어졌습니다. 저는 시립병원의 분만실로 갈 수밖에 없었습니다. 그곳은 지독하게 가난한 사람들, 집에서 쫓겨난 사람들이나 거리를 떠도는 사람들이 어쩔 수 없이 들어오는 곳이었습니다. 이 비참한 인간들로 들끓는 생지옥 같은 곳에서 당신의 아이가 태어났습니다. 그곳에서 저는 거의 죽음에 다다를 만큼 극심한 고통에 시달렸습니다. 제 주변의 모든 것이 낯설고 이상하기만 했습니다. 거기에 누워 있는 사람들은 서로가 서로에게 이방인일 뿐이었습니다. 외롭게 누워 있기는 서로 마찬가지인데도 상대방을 죽이고 싶을 정도로 미워하는 마음뿐이었습니다. 소독약과 피의 냄새가 엉겨 붙어 있는, 절규와 신음 소리로 가득 찬 병실에 처박혀 있다고 생각하면 할수록 비참함과 괴로움이 걷잡을 수 없이 커져만 가서 그들의 마음을 증오로 가득 채워 놓았습니다.

가난한 여자들이 겪어야만 하는 영혼의 굴욕과 육체의 수치를 저는 거기서 남김없이 맛보았습니다. 처지가 비슷하다는 이유 하나만으로 저는 어쩔 수 없이 매춘부들이나 극빈 환자들이 겪는 고통을 함께 겪을 수밖에 없었습니다. 조롱하는 미소를 지으며 힘없는 여인들의 이불을 마구 젖히고 비뚤어진 의학을 빙자하여 그 여인들의 몸을 마구 만지작거리는 젊은 의사들의 추악함과 염치 없는 간호사들의 탐욕 따위를 이유 없이 받아 주고 인내해야만 했습니다.

아, 그곳은 의사들의 눈빛만으로 인간의 치욕이 십자가에 못박히는 곳이었고, 그들의 말 몇 마디로 인간의 존엄성이 태형을 당하는 곳이었습니다. 오직 당신의 성함이 적혀 있는 이름표만이 당신의 존재를 증명해 줄 뿐이었습니다. 침대에 누워 있는 여인의 몸은 기껏해야 수련의들의 연구 대상이거나, 호기심을 참지 못하는 의사들의 손에서 무기력하게 꿈틀거리는 고깃덩어리에 지나지 않았기 때문입니다.

아, 남편이 다정하게 기다려 주는 자기 집에서 아기를 낳는 여인들은 제가 겪은 고통을 상상조차 못할 겁니다. 아, 그 여인들은 정말 이해하지 못할 것입니다. 보호자도 없이 수술대 위에 올라서 무방비 상태로 아이를 낳는 것이 무엇을 의미하는지 말입니다. 지금도 저는 책을 읽다가 우연히 지옥이라는 말을 보게 보면 제 의지와는 상관없이 한숨과 절규로 가득 차서 피의 악취를 내뿜던 그 고통의 분만실, 치욕이 들끓던 도살장을 떠올립니다.

그 때의 일을 떠올리며 말씀드리는 것을 부디 용서해 주세요. 단 한 번만 그 일에 대해 이야기하겠습니다. 또다시 그 일을 입에 담는 일은 없을 거예요. 이 일을 아무에게도 이야기하지 않은 세월이 12년이나 흘렀고 조금 후면 제 입은 영원히 문을 닫을 것이니까요. 마지막으로 그 일에 대해 단 한 번만 외치고 싶습니다. 저기 숨이 멎은 채 누워 있는 저 아이를 얻기까지 저의 희생이 얼마나 컸는지, 마지막으로 있는 힘을 다해 외치겠습니다.

제가 겪었던 그 산고의 순간은 어느새 잊혀졌습니다. 아이의 미소와 아이의 귀여운 목소리에 파묻혀 지내면서 이루 말할 수 없는 행복감에 겨워 그 시절의 고통을 깨끗이

잊었습니다. 그러나 아이가 저의 곁을 떠나 버린 지금, 또 다시 파도처럼 밀려오는 고통을 떨쳐 버릴 수가 없습니다. 단 한 번만이라도 울부짖는 외침으로 지금의 고통을 토해 내지 않는다면 도저히 제 자신을 주체할 수 없을 것만 같습니다.

하지만 당신을 원망하는 것은 결코 아니랍니다. 하느님께만 사무치는 원망입니다. 저에게 이처럼 가혹한 고통을 내리신 하느님만을 원망할 뿐입니다. 당신을 원망하는 마음은 추호도 없습니다. 분노가 치밀어 올라서 온몸이 떨릴지라도 저는 단 한 번도 당신을 증오한 적이 없습니다. 저의 몸이 갈기갈기 찢겨 나갈 만큼 고통을 느끼던 순간에도, 저의 벌거벗은 몸을 더듬듯이 바라보는 수련의들의 탐욕스런 눈길 아래서 모욕감에 겨워 온몸이 뜨겁게 달아오르던 순간에도, 저는 결코 당신을 원망하지 않았습니다.

당신과 한 몸을 이루었던 지난날의 밤을 단 한 번도 후회한 적이 없습니다. 그 밤을 돌아보면서 당신을 원망한 적도 없었습니다. 저는 언제나 당신을 사랑했기에 당신과 만났던 순간을 변함없이 축복이라고 생각했습니다. 또다시 저

지옥 같은 고통의 시간을 거쳐 가야 하거나 그렇게 해야만 할 시간이 닥쳐온다고 해도, 저는 기꺼히 그 시간을 맞이하겠습니다. 사랑하는 나의 님이시여! 한 번만이 아니라 수천 수만 번이라도 그 시간에 제 몸을 맡기겠습니다.

어제 우리의 아이가 세상을 떠났습니다. 당신을 한 번도 보지 못한 그 아이가 눈을 감은 것입니다. 어느 기막힌 우연이 당신과 아이 사이에 마술 같은 만남의 순간을 만들어냈더라도 당신은 당신의 아이를 결코 알아보지 못했을 것입니다. 꽃봉오리를 열고 일어서던 이 조그만 생명, 유일하게 당신의 핏줄을 이어 받은 그 아이는 당신의 눈길을 전혀 모르는 낯선 사람의 눈길인 것처럼 흘려버리고 지나가 버렸을 것입니다.

저는 우리의 아이를 가진 다음부터는 애써 당신 앞에 나타나지 않았습니다. 긴 세월 동안 숨어 지냈습니다. 당신을 그리워하면서 아픔에 사무칠 때마다 그 아이가 곁에 있기에 아픔의 짐이 줄어들곤 하였습니다. 그 아이가 태어난 뒤로 당신을 향한 사랑 때문에 아픔을 겪는 일은 눈에 띄게 줄었습니다. 저는 당신과 아이에게 제 자신을 공평하게 두 쪽으로 나누어 바칠 수가 없었습니다. 그래서 저는 언제나 행복을 만끽하고 계신 당신을, 제게는 바람처럼 스쳐가는 사랑만을 던져 주신 당신을 포기하게 되었습니다. 저 없이는 살 수 없는 그 아이에게 저의 모든 인생을 바치기로 마음을 굳혔습니다.

제가 먹여 주고 입혀 주며 길러야 하고, 언제든지 입 맞추고 껴안아 줄 수 있는 그 아이를 기꺼히 선택한 것입니다. 당신의 몸에서 나온 또 하나의 당신인 그 아이가 저의 것이 되면서부터 저는 사랑의 불안과 저주스런 운명으로부터 구원받는 것을 느꼈습니다. 하지만 당신이 저의 모든 것임에는 변함이 없었습니다. 어쩌다가 생겨나는 드문 일이긴 했지만, 제 자신도 모르는 사이에 저의 감정에 이끌려서 당신의 집 근처로 달려가곤 했으니까요.

그래도 제가 당신을 위하여 빠짐 없이 해 왔던 일이 한 가지 있습니다. 당신의 생일이 돌아오면 하아얀 장미꽃 한 다발을 당신께 보내 드렸던 것입니다. 그 꽃은 우리가 첫 번째 사랑의 밤을 나눈 뒤에 당신이 제게 선물했던 장미와 똑같은 종류의 장미입니다. 당신은 지난 10여 년 동안, 정확히 말하자면 11년 동안 당신의 생일마다 그 꽃을 보낸 사람이 누구인지 궁금하게 생각하신 적이 있었나요? 그 어느 날 새벽, 당신이 그것과 똑같은 장미꽃을 선사하셨던 바로 그 여인을 단 한 번이라도 기억하신 적이 있었나요?

저로서는 그것이 무엇보다도 궁금하지만 당신의 대답을 듣지는 못할 것입니다. 그저 1년에 한 번이나마 어둠 속에서 그 꽃을 당신께 보내 드리고, 그렇게 함으로써 그 날을 아름답게 추억하는 것만으로도 저의 마음은 뿌듯했습니다.

당신은 우리의 불쌍한 아이를 단 한 번도 보지 못하셨습니다. 혹시라도 당신이 그 아이를 사랑해 주셨을지도 모른다고 생각하니, 그 아이를 당신께 숨긴 일이 오늘에서야 처음으로 후회됩니다.

안타깝게도 당신은 그 가련한 아이를 보지 못하셨습니다. 살며시 눈꺼풀을 올려 뜨는 영리하고 까만 눈망울을, 저에게뿐만 아니라 온 세상에 맑고 행복한 빛을 던지며 환하게 미소 짓는 그 사랑스런 얼굴을 당신은 단 한 번도 보지 못하신 것입니다.

아, 우리의 아이는 너무나 명랑하고 사랑스런 아이였습니다. 당신의 타고난 쾌활함이 남김없이 그 아이의 내부에 반영되어 있었습니다. 거침없이 순식간에 움직이는 당신의 상상력 또한 그 아이의 내부에서 발견되더군요. 당신이 인생의 유희를 즐기듯 그 아이도 시간이 가는 줄 모르고 한 가지 물건에 깊이 빠져들어 놀았습니다. 그러다가 언제 그랬느냐는 듯이 잘생긴 눈썹을 치켜뜨고 진지하게 책을 바라보며 앉아 있곤 했었지요.

점점 당신을 닮아 가는 그 아이의 모습을 볼 수 있었습니다. 당신의 타고난 진지함과 유희를 즐기는 성향, 그 이중성이 아이에게서 두드러지게 나타나더군요. 아이가 당신을 닮아 갈수록 그 아이를 사랑하는 저의 마음이 더욱 더 간절해졌습니다.

아이는 참으로 공부를 잘했습니다. 프랑스어를 쉴 새 없이 재잘거리는 귀여운 모습이 작은 까치 같았지요. 아이의 노트는 학급에서 가장 깨끗할 정도로 정리가 잘 되어 있었답니다. 새까만 비단 양복과 새하얀 항해사의 옷을 입은 아이의 맵시는 입을 다물 수 없을 정도로 우아했습니다.

아이는 어디를 가든지 사람들의 시선을 잡아당기는 존재였습니다. 언젠가 저와 함께 스페인의 그라도 해변에 갔을 때는 귀부인들이 걸음을 멈추고 그 아이의 금빛 머리카락을 쓰다듬어 주었지요. 알프스의 제메링에서 스키를 탔을 때는 여러 사람들이 그 아이를 에워싸고는 칭찬의 말을 아끼지 않았습니다. 아이의 모습은 너무나 사랑스럽고, 아이의 성품은 부드러우며, 아이의 기질은 사람들을 잘 따를 정도로 쾌활했지요.

지난 해 테레지아눔의 기숙사에 입소했을 때 그 아이는 18세기의 궁중 소년처럼 멋진 교복을 입고 허리춤엔 단검을 차고 있었지요. … 그러나 지금 저 아이가 입고 있는 옷은 속옷뿐입니다. 저 가련한 아이는 속옷만 입고 파리하게 창백해진 입술로 두 손을 가지런히 모은 채 가만히 누워 있습니다.

당신은 제가 그 아이에게 어떻게 그런 고급스런 교육을 시킬 수 있었는지 궁금해하실 것 같습니다. 어떻게 그 아이에게 그토록 밝고 고상한 상류사회의 생활을 체험하게 할 수 있었는지 의아해하실 것 같습니다. 사랑하는 님이시여! 저는 이 어둠 속에서 당신께 모든 일을 고백하겠습니다. 저에게 남아 있는 부끄럼은 조금도 없답니다. 그러나 저의 고백을 듣고 나서는 부디 놀라지 말아 주세요.

사랑하는 님이시여! 저는 몸을 팔았습니다. 물론 매춘부나 창녀라고 불리는 그런 부류의 사람이 된 것은 아니지만, 몸을 판 것만큼은 사실입니다.

저는 돈 많은 남자 친구들을 사귀었습니다. 아니, 돈 많은 애인들과 사귀었다고 말씀드려야만 맞는 얘기가 되겠지요. 처음에는 제가 그들을 찾았지만, 그 다음에는 그들이 저를 찾았습니다. 당신이 저를 어떻게 느끼셨는지는 모르겠지만, 저는 꽤나 아름다운 여자였으니까요. 제가 몸을 맡긴 남자들은 어느 한 사람 예외 없이 저에게 빠져들었습니다. 그들 모두는 저를 아껴 주면서 저의 사랑을 갈구하였습니다. 사랑하는 님이시여! 저를 사랑하지 않은 유일한 남자는 오직 당신뿐이랍니다.

제가 남자들에게 몸을 팔았다는 사실을 당신께 말씀드렸다고 해서 저를 경멸하시겠습니까? 그러시지는 않을 거예요. 저는 잘 알고 있습니다. 당신이 저의 모든 일을 이해해 주시리라는 것을. 제가 몸을 팔 수밖에 없었던 것도 오직 당신 때문이었다는 것을. 당신의 분신인 우리의 아이 때문이었다는 것을 당신은 이해해 주실 것입니다.

시립병원 분만실에서 가난이 얼마나 두려운 것인지를 처절하게 겪었습니다. 이 세상에서 가난한 사람은 언제나 짓밟힌 자, 비참하게 학대받는 자, 희생자일 수밖에 없다는 것을 깨달았습니다. 그것을 알았던 까닭에 저는 어떤 일이 있더라도 당신의 아이만큼은, 저 명랑하고 어여쁜 아이만큼은 그토록 비참한 가난의 밑바닥 생활에서 자라게 하지는 않겠노라고 다짐했답니다. 쓰레기가 여기저기 널려 있는 더러운 곳, 온갖 전염병이 난무하는 뒷골목에서는 당신의 아이를 기를 수 없었으니까요.

저는 아이의 고운 입술이 막노동을 하는 일꾼들의 천박한 말투를 배우는 것을 용납할 수 없었습니다. 아이의 깨끗한 몸이 가난뱅이들의 구겨지고 지저분한 속옷을 걸치는 것을 견딜 수 없었습니다. 저는 당신의 아이가 원하는 모든 것을 갖게 하고 싶었습니다. 당신의 아이가 세상의 모든 풍요와 안락을 누리면서 당신의 위치에까지 거침없이 올라가게 하리라 다짐하고 또 다짐했던 것입니다.

사랑하는 님이시여! 바로 그 이유 때문에 저는 몸을 팔았습니다. 몸을 판 것은 제게 있어서는 희생이라고 말할 수도 없는 것이었습니다. 세상 사람들이 명예니 수치니 하고 부르는 것은 제게 아무 의미가 없었으니까요.

당신은 저를 사랑하시지 않았지만, 제 몸의 소유자는 오직 당신, 당신뿐이었습니다. 다른 남자들과 육체적 관계를 갖는 것은 저에게 전혀 의미 없는 일이었습니다. 남성들의 애무는 저의 감정을 일깨우지 못하였습니다. 그들의 가슴에서 타오르는 진심 어린 열정조차도 제 마음속의 깊은 곳까지는 감동시키지 못했습니다.

물론 그들 중 몇몇 남자에 대해서는 존경심을 느끼기도 하였습니다. 저로서는 그들의 사랑에 대해 보답할 길이 없어 측은한 마음으로 연민을 품기도 하였습니다. 그들은 모두 한결같이 제게 친절하였습니다. 그들 모두는 저의 뜻을 존중해 주고 저를 몹시 아껴 주었습니다. 그들 가운데 나이 지긋한 독신의 백작이 있었습니다. 그분은 아버지 없이 자라는 당신의 가련한 아이를 테레지아눔에 입학시키기 위해 교문을 수없이 드나들었습니다. 그분은 저를 딸처럼 사랑해 주셨고 제게 서너 번씩이나 정식으로 청혼을 하셨습니다. 그분의 청혼을 받아들였다면 저는 지금쯤 백작부인이 되어 티롤 지방에 있는 환상의 궁전처럼 아름다운 성의 여주인으로 근심 없이 인생을 만끽하고 있었겠지요. 무엇보다도 아이가 그를 자애롭게 감싸 주는 자상한 아버지를 가질 수 있었을 것이고, 저 역시 품위 있고 조용하며 다정한 남편을 곁에 둘 수 있었겠지요.

그러나 저는 그렇게 하지 않았습니다. 그분은 마음을 다하여 저를 갈구하셨지만, 저는 그분의 청혼을 거절했고 그분의 마음에 깊은 상처를 입혔습니다. 이보다 더 어리석은 짓이 없을 만큼 큰 실수를 했던 것인지도 모릅니다. 그때 만일 그분과 결혼했더라면 지금쯤 저는 사랑하는 아이와 함께 어느 조용한 곳에서 편안하게 인생을 즐기고 있겠지요.

그러나 당신께 고백하지 않고는 견딜 수가 없습니다. 저는 그 어느 누구에게도 얽매이지 않고 당신이 원하실 때 당신께만 발길을 향하는 여자로서 자유롭게 남아 있고 싶었으니까요. 제 마음의 가장 깊은 곳에, 제 무의식의 밑바닥에 그 옛날 어린 여자아이의 꿈이 살아 있었던 것입니다. 당신과의 재회가 한순간에 끝나 버리는 한이 있더라도 당신이 다시 한 번 저를 불러 주실지도 모른다는 희망을 손에서 놓치 않고 있었던 것입니다. 저는 그 실낱 같은 가능성을 위해 다른 모든 가능성들을 헌신짝처럼 내버렸습니다. 당신이 부르시면 언제라도 지체 없이 당신께 달려갈 수 있는 자유로운 여자로서 당신만을 기다렸던 것입니다. 어린 시절을 벗어나 한 여자로서 눈을 뜨게 되기까지 제 인생의 모든 시간은 오직 기다림뿐이었습니다. 저의 인생에서 당신의 부르심을 기다리는 것 외에는 아무 의미도 없었으니까요.

그런데 그토록 간절히 기다리던 순간이 마침내 눈앞에 다가왔습니다. 그러나 사랑하는 님이시여! 당신은 저를 알아보지도, 짐작하지도 못하셨습니다. 예전과 다름없이 당신은 저라는 존재를 알아보지 못하셨던 것입니다. 당신이 저를 알아볼 수 있는 가능성은 한 점도, 단 한 점도 없었습니다.

그 이전에도 저는 가끔 당신과 마주친 적이 있었습니다. 극장이나 음악회에서 우연히 보기도 하고, 프라터 공원이나 길거리에서 마주친 적도 있었습니다. 그 때마다 제 심장은 두근거렸지만, 당신은 무심한 표정으로 저를 스쳐 지나가시는 것이었습니다.

물론 겉보기에 저는 옛날과는 아주 다른 사람으로 변해 있었지요. 부끄럼을 많이 타던 소녀에서 귀부인이 되어 있었으니까요. 사람들의 말을 빌린다면 저는 눈이 부시게 아름다웠고, 값비싼 고급 옷을 입고, 저를 숭배하는 남자들에게 에워싸여 있었습니다. 그렇게 달라진 저의 모습에서 당신이 어떻게 당신 침실의 흐릿한 불빛 속에서 부끄럼에 떨던 저 바보 같은 소녀의 자취를 기억하실 수 있었겠습니까?

저와 함께 길을 걸어가던 남자들 가운데 간혹 당신께 인사하는 사람들이 있었습니다. 당신은 그들의 인사를 받으시며 제게 시선을 돌리셨습니다. 저를 바라보시는 당신의 눈길은 공손함과 예의를 갖추고 있었으나, 저를 알아보시는 눈빛은 전혀 없었답니다.

언젠가는 이런 일도 있었습니다. 아직도 생생하게 잊혀지지 않는 일입니다. 당신의 무심한 눈빛에는 이미 익숙해져 있었지만, 그 때에 일어났던 일은 가슴이 찢길 듯한 고통을 제게 안겨 주었습니다. 그 날 저는 어떤 남자와 함께 극장에서 오페라를 구경하고 있었는데, 우연히도 당신이 제 옆자리에 앉아 계신 것을 알았습니다. 서곡이 울려나오면서 불이 꺼지는 바람에 당신의 얼굴을 볼 수 없었습니다. 그러나 당신의 숨소리는 지나간 그 날 밤처럼 저의 곁에서 가장 가까이 느낄 수 있었습니다.

그 날 당신은 관객의 좌석을 구분해 놓은 칸막이 난간 위에 당신의 그 섬세하고 부드러운 손을 올려놓고 계셨습니다. 한참 동안 그 손을 바라보고 있던 제 가슴의 깊은 곳에서 뜨거운 욕망이 거침없이 솟아오르는 것이었습니다. 지나간 날의 밤에 저를 그토록 감미롭게 안아 주셨던 당신의 그 낯설고도 사랑스러운 손에 다시 한 번 정중히 입 맞추고 싶은 욕망을 가라앉힐 수 없었습니다.

요동치는 파도의 무리처럼 음악은 사방에서 몰려오고

있었고, 제 입술은 타오르는 격렬한 충동에 바르르 떨며 자꾸만 당신의 손을 향해 이끌려 들어갔습니다. 더 이상 견딜 수 없는 욕망에 경련을 일으키며 자리를 박차고 일어설 수밖에 없었답니다. 때마침 제1막이 끝난 뒤였기에 저는 동행했던 남자에게 그만 집으로 돌아가자고 졸랐습니다. 어둠 속에서 바로 당신 곁에 앉아 있는 제가 당신과 그토록 낯선 관계로 앉아 있어야만 한다는 것을 더 이상 참아 낼 수 없었으니까요.

그러나 마침내 그 순간이 저에게 찾아왔습니다. 다시 한 번 찾아온 기회였지요. 그것은 어둠 속에 묻혀 있던 제 삶에 다가온 마지막 기회였답니다. 꼭 1년 전쯤에 일어난 일이었지요. 당신의 생일 바로 다음 날이었습니다. 그 날따라 유난히도 저는 하루 종일 당신 생각에 사로잡혀 있었습니다. 물론 늘 그래 왔듯이 당신의 생일은 저에게 축제일처럼 기쁜 날이었습니다. 저는 동이 틀 무렵부터 서둘러 거리에 나가 백장미 한 다발을 샀습니다. 그러고는 해마다 그랬던 것처럼 장미꽃을 당신께 보내드렸지요. 당신이 벌써 오래전에 잊어버리신 그 아름답고 행복한 순간을 기념하고 싶었으니까요. 그 날 오후에는 아이와 함께 데멜 제과점에 다녀왔고, 저녁때는 극장에 함께 갔습니다. 우리의 아이가 이 날의 의미를 잘 알지는 못해도, 적어도 이 날만큼은 어린 시절부터 신비로운 축제일로 여기게 되길 원했던 것입니다.

그 다음 날은 저의 든든한 후원자이자 이미 2년째 동거하고 있던 돈 많은 공장주와 함께 시간을 보냈습니다. 이 남자 또한 저를 아낌없이 위해 주고 존중해 주었습니다. 다른 남자들과 마찬가지로 저와 결혼하는 것이 그의 간절한 소원이었습니다. 저는 별 다른 이유도 없이 다른 남자들에게 늘 그랬던 것처럼 그의 청혼을 번번이 거절해 왔습니다. 저의 거절에도 아랑곳없이 그는 저와 아이에게 과분할 정도로 많은 것을 선사하였습니다. 어느 때는 그의 친절이 지나치다고 느껴질 만큼 저에게 맹목적으로 헌신하였습니다.

그와 함께 음악회에 참석하여 유쾌한 사교계의 인사들을 만났습니다. 음악회가 끝난 후에는 도심부에 있는 근사

한 레스토랑에 가서 식사도 했습니다. 그곳에서 격의 없이 실컷 웃고 떠들다가 제가 '타바린'이라는 댄스홀에 가자고 그에게 제안했습니다. 본래 저는 술기운에 들떠 흥청망청하는 그런 장소를 아주 싫어했기 때문에 여느 때처럼 누군가로부터 그런 곳에 가자는 제안을 받았다면 당연히 제가 먼저 거절했을 것입니다. 그런데 그 날 밤에는 사정이 달랐습니다. 무슨 마법에라도 끌려가듯이 불현듯 저도 모르게 댄스홀에 가자는 제안을 했던 것입니다. 레스토랑에서 함께 있던 사람들 모두는 저의 의견에 주저 없이 동의했습니다. 그곳에 가면 무언가 특별한 일이 저를 기다리고 있을 것만 같은, 말로는 표현하기 어려운 갈망에 빠져들었던 것입니다. 언제나 저의 기분을 맞춰 주느라고 신경 쓰던 참석자들은 하나같이 자리를 털고 일어났고, 우리 모두는 떠들썩하게 댄스홀로 몰려갔습니다.

그곳에서 우리는 샴페인을 마셨습니다. 그렇게 흥겨운 술파티에 빠져들던 중에, 지금까지 단 한 번도 느끼지 못했던 아주 미칠 듯한 쾌감, 아주 고통스러운 쾌감이 갑자기 제 몸을 휘감는 것이었습니다. 저는 쉬지 않고 샴페인을 마셨습니다. 흥에 겨워 유행가를 따라 흥얼거리고 사람들과 어울려 춤을 추었습니다. 노래하고 춤을 추면서 온몸이 떠나가도록 소리 지르고 싶은 충동이 치밀어 오르는 것을 느꼈습니다.

그러던 중에 뭔가 예감할 수 없었던 차가운 것이, 아니 불꽃처럼 타오르는 뜨거운 어떤 것이 강렬하게 밀려와서 제 가슴에 부딪혔습니다. 저는 그 자리에서 벌떡 일어서고 말았습니다. 저의 바로 옆자리에 친구 몇 분과 함께 앉아 있는 당신을 보았으니까요. 당신은 저의 모습에 감탄하는 듯하면서도, 저를 탐닉하는 듯한 욕망의 눈길로 뚫어지게 쳐다보고 계셨습니다. 그 눈길은 언제나 제 몸의 밑바닥에서부터 끝까지 저의 모든 것을 송두리째 뒤흔들어 놓던 당신만의 특유한 눈길이었지요. 10년의 세월이 지나간 그 날에 이르러서야 당신은 당신의 본성에 꼭 맞는 무의식적인 열정의 눈길로 저를 바라보고 계셨던 것입니다.

저는 온몸이 떨리는 것을 느꼈습니다. 떨리는 몸을 가누지 못하여 술잔을 바닥에 떨어뜨릴 뻔했습니다. 다행히도 그곳에 함께 있던 친구들은 갈피를 잡지 못하는 저의 기색을 눈치채지 못하더군요. 그들 모두는 요란한 웃음과 음악의 물결에 빠져 있었으니까요.

시간이 흐를수록 당신의 눈빛에서는 점점 더 뜨거운 불길이 타올랐습니다. 저의 몸과 마음은 그 눈빛의 불길에 남김없이 타들어 가고 있었습니다. 저는 갈피를 잡지 못했습니다. 당신이 저를 알아보셨는지, 아니면 다른 낯선 여인으로 저를 새롭게 원하고 계신 것인지 잘 알 수 없었습니다. 온몸의 피가 솟아올라 저의 두 뺨으로 몰려드는 것만 같았습니다. 옆에 있는 친구들이 제게 무언가를 물어보아도 무슨 뜻인지 알 수 없는 말만 두서없이 지껄이고 있었습니다.

당신의 눈빛에 제가 얼마나 당황하고 있는지를 당신은 분명히 알아차리셨습니다. 다른 사람들이 눈치채지 못하도록 당신은 제게 살짝 고개를 끄덕이면서 잠시 댄스홀 밖으로 나오라는 신호를 보내셨지요. 곧이어 당신은 자연스럽게 일어서서 술값을 지불하고 친구 분과 작별 인사를 나누시고는 문 밖으로 나가셨습니다.

밖으로 나가시기 직전에 당신은 다시 한 번 저를 돌아보시며 밖에서 기다리겠다는 눈짓을 잊지 않으셨습니다. 추위를 견디기 어려웠는지, 열기에 들떠 있기 때문인지 저의 온몸이 떨렸습니다. 저는 당신의 눈짓에 대답할 경황이 없었습니다. 저의 온몸을 태워 버릴 듯이 끓어오르는 흥분을 가라앉힐 길이 없었습니다.

바로 그 때였습니다. 우연히 한 쌍의 흑인 댄서가 발뒤꿈치를 딸각거리며 목청이 찢어지는 듯한 괴성과 함께 지금까지 한 번도 보지 못했던 괴상한 춤을 추기 시작했습니다. 모든 사람이 그 흑인 남녀에게 정신이 팔려 있는 틈을 타서 저는 밖으로 나가려고 했습니다. 저는 살짝 자리에서 일어나 춤에 빠져 있는 제 남자 친구에게 곧 돌아오겠다고 말하고는 지체 없이 당신께 달려갔습니다.

당신은 댄스홀 입구의 소지품 보관 장소 앞에 계셨습니다. 저를 기다리고 계셨던 것이 틀림없었습니다. 다가서는 저를 보며 당신의 두 눈이 밝게 빛나고 있었으니까요. 저를 맞아 주시는 당신의 얼굴에서 환한 미소가 넘쳐 흘렀습니다. 그 순간에 저는 당신이 절 알아보지 못하신다는 것을 알았습니다. 당신은 저를 옛날의 어린아이나 그 후의 열여덟 살 처녀로 알아보지 못하시고, 생전 처음 만나는 낯선 여인으로 저를 또다시 붙잡으셨던 것입니다.

"실례가 안 된다면, 제게 한 시간쯤 시간을 내주실 수 있습니까?"

당신은 다정하게 물으셨습니다. 당신의 차분한 목소리를 들으며 제겐 느껴지는 것이 있었습니다. 당신이 저를 하룻밤의 쾌락을 즐기려는 창녀로 여기신다는 것을 확실히 알 수 있었습니다.

"예."

저는 간단히 대답했습니다.

10년 전의 어두운 길거리에서 한 처녀가 당신에게 했던 바로 그 대답이었습니다. 저항할 수 없는 명령 앞에 떨리는 몸을 내맡기며 순종하던 바로 그 대답과 같았습니다.

"그런데 언제 만나는 게 좋을까요?"

당신이 또다시 물으셨습니다.

"언제든지 괜찮아요."

저는 대답했습니다.

당신 앞에서는 단 한 점의 부끄럼도 느낄 수 없었습니다.

당신은 무척 놀라신 듯 잠시 동안 저를 바라만 보셨지요. 쉽고도 빠른 저의 승낙에 깜짝 놀라셨던 10년 전의 모습과 똑같이 당신은 의심과 호기심이 엇갈리는 야릇한 표정을 지으셨지요.

"지금, 지금이라도 괜찮으신다는 뜻인가요?"

당신은 조금은 주저하는 기색으로 물으셨습니다. 저는 흔쾌히 대답했습니다.

"네, 좋습니다. 같이 나가요."

소지품 보관소에서 제 외투를 찾으려고 했습니다. 그때, 제 남자 친구가 우리 외투를 함께 맡기고 보관증을 갖고 있다는 사실이 갑자기 생각났습니다. 남자 친구에게 다시 돌아가서 옷 보관증을 달라고 말하려면 무언가 납득할 만한 이유가 필요했습니다. 그래도 여러 해 동안 목이 타도록 갈망해 왔던 당신과의 해후를 포기할 수는 없었습니다. 그래서 저는 순간의 망설임 없이 야회복 위에 숄 하나만 가볍게 걸치고서 안개 짙은 밤거리로 나왔습니다.

외투를 두고 나왔다거나, 몇 년 동안 함께 살아온 착하고 친절한 남자 친구를 말없이 내버려두고 왔다는 사실은 전혀 신경 쓰이지 않았습니다. 그의 친구들 앞에서 그를 놀림감으로 만들 수도 있다는 염려 따위는 아예 없었습니다. 몇 년 동안 함께 지내 온 애인이 낯선 남자의 휘파람 한 번에 자신을 버려두고 그 남자를 따라나섰다는 사실이 그에게 상처 깊은 치욕으로 남을 수도 있는 일이었지만, 저는 그런 것을 염려할 여유가 조금도 없었습니다.

아, 그러나 지금은 깊이 뉘우치고 있습니다. 성실한 남자 친구에게 제가 했던 행동은 배은망덕하고 천하고 파렴치했으니까요. 저의 어리석은 행동과 저의 망상 때문에 그 착한 남자에게 한평생 지울 수 없는 상처를 입혔다는 것을 느꼈습니다. 저의 인생은 그의 상처 한가운데서 두 조각으로 갈라져 버린 것이라는 생각을 부정할 수 없었습니다.

그러나, 그 옛날처럼 다시 한 번 당신의 입술을 느끼면서 감미롭게 속삭이시는 당신의 음성을 듣고 싶어 하는 갈망에 견주어 본다면 그 남자 친구와의 우정이 제게 무슨 의미를 줄 수 있었겠습니까? 저의 인생도, 저의 실존도 무슨 의미가 있었겠습니까? 그토록 간절히 저는 당신을 사랑했습니다. 그 모든 일이 사라져 버린 지금 이 순간에도 당신을 사랑했었다고 주저 없이 말씀드릴 수 있습니다. 죽음의 침대 위에 누워 있는 지금 이 순간에라도 당신이 저를 불러 주신다면 저는 마지막 남은 힘을 다하여 당신께 달려갈 것입니다.

그 때 마침 자동차 한 대가 댄스홀 입구에 서 있었습니다. 우리는 그 차를 타고 당신 집으로 갔습니다. 저는 또다시 당신의 음성을 들으면서 당신의 감미로운 체취를 느꼈습니다. 그 옛날의 순간처럼 저는 황홀감에 도취하여 제 자신을 잊고 말았습니다. 어린아이 같은 행복감을 주체하지 못한 체 신열에 들떠 어찌해야 할 바를 몰랐습니다.

10여 년이 지나도록 다시는 밟아 보지 못했던 그 날의 똑같은 계단을 또다시 밟고 올라가는 제 심정을 누가 이해할 수 있겠습니까? 그 순간 제게는 과거와 현재의 모든 일이 영원히 하나로 결합되는 것처럼 느껴졌습니다. 결코 놓칠 수 없는 그 영원의 한 순간, 한 순간 속에서 제가 당신의 존재를 얼마나 생생히 느꼈는지, 얼마나 절대적으로 받들었는지 말로는 도무지 표현할 길이 없을 것입니다.

당신 방의 내부는 예전과 그다지 달라진 점이 없더군요. 벽에는 그림 몇 점이 더 걸려 있었고, 전보다 책이 더 많아졌으며, 새로운 가구들이 간혹 눈에 띄긴 했지만 그 모든 것이 예전과 다름없이 저를 다정하게 맞아 주는 것만 같았습니다. 제 눈길을 끄는 당신의 책상 위에는 변함없이 똑같이 장미가 꽂힌 화병이 앉아 있었지요. 그 꽃은 당신의 생일이었던 바로 전날, 어느 잊혀진 여인을 기억해 주시길 바라는 마음으로 제가 당신께 보내 드린 바로 그 하아얀 장미꽃이었습니다.

당신에게서 잊혀진 그 여인이 바로 당신 곁에서 당신의 손을 잡고 당신의 키스를 받고 있었습니다. 그 순간에도, 당신은 그 여인이 누구인지를 짐작조차 못하셨습니다. 하지만 당신이 제가 드린 그 장미를 간직하고 계신다는 사실만으로도 저는 기쁨을 감출 수 없었습니다. 그 장미는 제 존재의 심연에서 우러나온 영혼의 입김이었고, 당신을 열망하는 제 사랑의 숨결이었으니까요.

당신은 저를 사랑스럽게 안아 주셨습니다. 저는 다시 한 번 당신 곁에서 황홀한 하룻밤을 만끽하였습니다. 벌거벗은 제 몸을 보고도 당신은 저를 전혀 알아보지 못하셨습니다. 당신의 능수능란한 애무를 받으며 저는 행복의 황홀경에 빠져들었습니다. 불꽃처럼 타오르는 당신의 정열은 애인과 창녀 사이에 아무런 차이를 두지 않는다는 것을 그제서야 저는 알았습니다. 당신은 욕망의 발길을 따라 쫓아가면서 본성에서 솟구치는 정열을 남김없이 불태워 버리는 분이셨습니다.

밤거리에서 우연히 데려온 저에게까지 당신은 이루 말할 수 없이 부드럽고 친절하셨습니다. 여자를 사랑하실 때의 당신 모습은 고상하고 예의 바르시며 너무나 정열적이셨습니다. 그 옛날의 행복감에 다시 한 번 취해 있는 동안 저는 당신의 본질 속에 살아 있는 당신만의 특별한 이중성을 느꼈습니다. 그것은 지나간 시절에 한 소녀의 모든 것을 송두리째 정복하셨던 관능의 뜨거운 열기와 지적이고도 정신적인 열정이 한데 뒤섞여 있는 이중적인 모습의 격렬함이었습니다.

그때까지 제가 만났던 여러 남자들 중에서 당신만큼 부드러우면서도 폭발적으로 한순간에 몰두하는 남자는 없었습니다. 그토록 격렬하게 용솟음치는 강력한 힘으로 인간의 본질에 가까이 다가서는 사람도 당신 말고는 없었습니다. 그토록 뜨겁게 폭발하는 순간이 지나가 버리면 비인간적이라는 생각이 들 만큼 싸늘한 망각의 늪 속으로 꺼져 들어가는 것 또한 당신의 정열이었답니다.

그렇지만 10여 년이 지난 지금에 와서 돌이켜 보면 제 자신도 스스로를 망각한 채 살아왔었다고 생각됩니다. 그 때 당신 곁의 어둠 속에 누워 있던 저는 과연 누구였을까요? 그 언젠가 불꽃 같은 그리움으로 당신을 애타게 갈망하던 그 소녀였을까요? 아니면 당신의 아이를 기르고 있는 어머니였을까요? 그것도 아니라면 하룻밤의 유희를 만족시켜 줄 밤거리의 여자였을까요?

아, 당신과 함께 그 정열의 밤을 지새는 동안 모든 것이 옛날처럼 또다시 익숙하게 체험되었고 물결처럼 제게로 밀려와서 온몸에 배어들었습니다. 저는 이 밤이 영원히 끝나지 않게 해 달라고 하늘을 향해 빌고 또 빌었습니다.

그러나 오지 않기를 빌었던 아침은 기어이 저를 찾아왔습니다. 우리는 잠자리에서 조금 늦게 일어났습니다. 당신은 제게 아침 식사를 함께 하자고 권하셨습니다. 우리는 사려 깊은 집사 아저씨가 어느 틈에 식당에 준비해 놓은 차를 함께 마시며 두런두런 부담 없이 얘기를 나누었습니다. 이번에도 당신은 당신 특유의 애정 어린 친밀감을 보이며 아무런 거리낌 없이 제게 얘기를 들려주셨습니다.

예전에도 그랬었지만 그 날도 당신은 예의 없는 질문을 하시거나 제 신분을 캐묻는 말씀은 아예 하시지 않았습니다. 당신은 제 이름도 묻지 않으셨고, 제 주소에도 관심이 없으셨습니다. 저는 또다시 당신이 탐닉하는 성적 모험의 대상에 불과한 여자였습니다. 망각의 연기 속으로 자취도 없이 사라져 버릴 이름 없는 여자에 불과했던 것입니다.

그 때에도 당신은 먼 곳으로 여행을 다녀올 계획이라고, 두 달 혹은 세 달 동안 북아프리카에 머물 것이라고 말씀하셨습니다. 행복한 아침을 맞이했던 저는 당신의 그 말씀을 듣고는 또다시 밀려오는 고통에 온몸을 부들부들 떨어야 했습니다. 저의 귓속에서 불현듯 이런 절규가 폭풍 치듯이 몰려오고 있었기 때문입니다.

"모든 것은 스쳐 지나갈 뿐이다! 스쳐 지나가 영영 잊혀질 뿐이다!"

저는 당신의 발밑에 쓰러져 목 놓아 울부짖고 싶었습니다. "저를 데려가 주세요. 그토록 오랜 어둠의 세월 뒤에 숨어 지냈던 저를 이젠 제발 알아봐 주세요. 이젠 제발 알아봐 주세요!"

그러나 저는 당신 앞에서 너무나 부끄럽고, 너무나 비겁하며, 너무나 노예 같았고, 너무나 마음이 약했습니다. 제가 당신께 드린 한마디는 이것뿐이었습니다.

"그것 참 유감이군요."

당신은 입가에 엷은 미소를 띠고 저를 바라보면서 말씀하셨습니다.

"정말 유감이라고 생각하십니까?"

당신의 질문을 들었을 때 불현듯 말로는 형용할 수 없는 격렬한 감정이 저를 사로잡았습니다. 저는 그 자리에서 일어나 잠시 동안 당신의 얼굴을 뚫어지게 바라보았습니다. 그 다음엔 입을 열어 이렇게 말했지요.

"제가 사랑하는 남자도 여행을 떠나곤 한답니다."

저는 당신의 반짝이는 눈동자를 응시하면서 그렇게 말했던 것입니다.

"이제는 날 알아보시겠지!"

이렇게 생각하면서 당신의 말을 기다리는 동안 온몸이 떨려 오고 마음속에서 솟구치는 감정의 파도를 누를 길이 없었습니다. 그러나 당신은 미소를 머금고 저에게 위로의 말씀만을 안겨 주실 뿐이었습니다.

"떠난 사람은 언젠가 반드시 돌아오는 법이지요."

"맞는 말씀입니다. 떠난 사람이 돌아오는 것은 분명하지요. 그러나 돌아온다고 해도 그때는 이미 과거를 다 잊어버린 뒤랍니다."

이런 말을 당신께 드리는 제 태도에서 무언가 평범하지 않고 열정적인 면이 비쳐 나왔던 모양입니다. 당신도 그 자리에서 일어나 놀라움과 애정이 담긴 눈길로 저를 뚫어지게 바라보고 계셨기 때문입니다. 당신은 곧 제 어깨를 감싸 안고 이렇게 말씀하셨습니다.

"좋은 추억은 결코 잊혀지지 않는답니다. 나는 당신을

내 기억 속에서 떠나보내지 않을 거예요."

저의 모습을 당신의 마음에 또렷이 새겨 놓으시고 간직하시려는 듯 당신의 눈길은 저의 존재 안으로 깊숙이 파고 들고 있었습니다. 당신의 눈길이 저의 내부 속으로 점점 더 깊이 파고 들어와서는 저의 아주 작은 것까지도 낱낱이 살펴보고 추적하여 저의 존재 자체를 송두리째 빨아들이는 것을 느꼈습니다. 당신의 눈을 단단히 얽어매고 있던 멍에가 이제야 풀려서 제가 누구인지를 볼 수 있게 되었다고 생각했습니다.

"이제는 나를 알아보실 거야. 이제는 틀림없겠지."

이런 간절한 소망에 사로잡혀 부들부들 떨리는 제 영혼을 가눌 길이 없었습니다. 그러나 당신은 마지막까지도 저를 알아보지 못하셨습니다. 제가 누구인지 전혀 알아보지 못하신 것만으로 끝나는 일이 아니었습니다. 몇 분에 불과한 시간이었지만 그 시간만큼 당신으로부터 철저히 낯선 사람임을 느껴 본 적은 단 한 번도 없었습니다. 이전에는 그와 같이 행동하신 적이 결코 없었으니까요.

당신은 제게 키스하셨습니다. 모든 열정을 불태울 듯이

다시 한 번 저에게 키스하셨습니다. 그사이에 저는 헝클어진 머리결을 다시 손질할 수밖에 없었지요. 그런데 거울 앞에 서 있는 동안 차마 믿을 수 없는 장면을 보고야 말았습니다. 몰려오는 치욕과 분노에 휩쓸려 저는 그 자리에서 쓰러질 지경이었습니다. 당신이 고액권 지폐 몇 장을 저의 옷자락 밑으로 살며시 집어넣는 장면을 거울 속에서 보았기 때문입니다.

그런 끔찍한 순간에 어째서 제가 울부짖으며 당신 뺨을 후려치지 않았는지 제 자신도 도무지 이해할 수 없습니다. 소녀 시절부터 변함없이 당신만을 사랑해 왔던 제게, 더욱이 당신 아이의 어머니인 제게 하룻밤의 대가를 지불하듯 돈을 뿌리셨으니 말입니다. 당신에게 저라는 여자는 결국 '타바린'이라는 댄스홀에서 쾌락을 위해 데려온 창녀에 불과했습니다. 돈을 벌기 위해 몸을 파는 천한 여자에 불과했던 것입니다. 당신께 잊혀진 여인으로도 모자라서 이렇게 모진 굴욕까지 당해야만 했습니다.

저는 서둘러 제 물건들을 챙겼습니다. 저는 황급히 그곳을 떠나려고 했습니다. 마음의 아픔을 견디기 어려웠으니까요. 저는 모자를 집어들었습니다. 제 모자는 당신의 책상 위, 하얀 장미꽃이 꽂혀 있는 꽃병 옆에 놓여 있었습니다. 제가 당신께 보내 드렸던 바로 그 장미꽃 옆에 놓여 있었지요. 그 꽃을 바라보는 순간 저는 거역할 수 없는 강력한 힘에 사로잡혀 한 걸음도 움직일 수 없었습니다. 당신을 향한 추억을 다시 한 번 살려내고 싶은 열망이 저를 붙잡은 것입니다.

저는 물었습니다.

"하얀 장미꽃을 한 송이만 제게 주시지 않겠어요?"

"기꺼히 드리겠습니다."

당신은 흔쾌히 승낙하시고는 즉시 꽃병에서 장미 한 송이를 뽑아 저에게 안겨 주셨습니다.

"당신을 무척 사랑하는 여인이 있나 봐요. 그 여인이 이 장미꽃을 보낸 것이겠죠?"

"아마도 그럴 겁니다."

당신은 대수롭지 않은 듯 대답하셨습니다.

"잘 모르겠어요. 나에게 보낸 꽃은 틀림없는데 그 여인이 누구인지는 도무지 모르겠어요. 그래서 이 꽃이 더 마음에 듭니다."

저는 당신의 얼굴을 뚫어지게 바라보며 말했습니다.

"그 장미꽃을 보낸 사람은 당신에게 잊혀진 어느 여인이 아닐까요?"

깜짝 놀란 눈으로 당신은 저를 바라보셨습니다. 저는 당신의 눈을 뚫어지게 응시하였습니다.

"제가 기억나지 않으세요? 제발, 제발 저를 알아봐 주세요!"

저의 눈은 이렇게 울부짖고 있었습니다. 하지만 당신의 눈은 다정하게 미소를 띄고 있으면서도 저의 눈빛을 전혀 알아차리지 못한 게 역력하더군요. 당신은 또다시 제게 키스하셨습니다. 그러나 마지막까지도 당신은 저를 알아보지 못하셨습니다. 저는 다급하게 현관문 쪽으로 뛰어갔습니다. 눈물 흘리는 저의 모습을 당신께 보이고 싶지 않았으니까요.

허둥지둥 급하게 뛰어나가다가 현관에서 하마터면 당신의 집사 요한과 맞부딪힐 뻔했습니다. 당황스러워 하던 그는 고개를 숙여 재빨리 옆으로 비켜서더니 현관문을 열고는 제가 나가도록 배려해 주었습니다.

그런데 그 순간, 바로 그 순간이었습니다. 눈물이 가득 고인 눈으로 그를 힐끗 쳐다보는 찰나에, 그 늙은 집사 요한의 눈이 광채로 번득이고 있었습니다. 소녀 시절 이후 저를 본 적이 없었던 그 노인이 그토록 짧은 순간에 저를 놓치지 않고 알아본 것입니다.

저를 알아보신 것이 너무도 고맙게 느껴져서 그에게 무릎을 꿇고, 손에 감사의 키스라도 해 드리고 싶은 심정이었지만 사정이 허락하지 않았습니다. 그 대신에 저는 당신이 제 옷자락 밑에 밀어 넣어 주셨던 그 끔찍한 치욕의 대가인 지폐를 재빨리 꺼내서 늙은 요한의 주머니에 찔러 넣어 주었습니다. 요한은 부르르 떨리는 몸을 가누지 못한 채, 놀란 눈으로 제 얼굴을 올려다보았습니다.

스쳐 지나가는 순간에 불과했어도 그 노인은 저에 대해 당신이 평생 느끼신 것보다 더 많은 것을 느꼈을 것입니다. 그처럼 저를 아는 사람이라면 모두들 저를 존중해 주었고, 모두들 저를 친절하게 감싸 주었습니다. 오직 당신, 당신 한 분만이 저를 기억하지 못하셨던 것입니다. 오직 당신, 당신 한 분만이 저를 알아보지 못하셨던 것입니다.

제 아이는 죽었습니다. 당신과 저의 아이는 죽었습니다. 세상에서 제가 사랑할 사람이라고는 이제 당신밖에는 아무도 없습니다. 그러나 한 번도, 단 한 번도 저를 알아보지 못하셨던 당신이 제게 무슨 의미가 있겠습니까? 물가를 지나가듯이 무심히 제 곁을 스쳐 지나가신 당신, 길 위의 돌을 밟고 가듯이 무심히 저를 밟고 가신 당신, 늘 앞만 보고 걸어가시며 저를 영원히 뒷전에 남겨 두고 기다리게 하신 당신이 도대체 저라는 여자에게 무슨 소용이 있단 말입니까?

예전엔 저도 당신을 붙잡을 수 있을 것이라고 믿었습니다. 바람처럼 손에 잡히지 않는 당신을 저는 우리의 아이를 통해 마침내 붙잡을 수 있으리라 착각했던 것입니다. 그러나 그 아이는 역시 어쩔 수 없는 당신의 아이였습니다. 참담하게도 그 아이는 하룻밤이 채 지나가기도 전에 저만 홀로 남겨 두고 영원한 여행길을 떠났답니다.

또다시 저는 홀로 남았습니다. 흘러간 시절보다 훨씬 더 혹독한 외로움을 겪어야만 했습니다. 이제 저에게 남은 것은 아무것도 없습니다. 당신으로부터 받은 것은 단 한 가지도 남아 있지 않습니다. 당신으로부터 받은 단 한 마디의 말도, 단 한 줄의 편지도, 단 하나의 간단한 추억조차도 남은 것이 없습니다. 누군가가 당신의 눈앞에서 제 이름을 부른다고 해도 당신에겐 그 이름이 생소하게 들려와서 지나치시고 말겠지요.

당신에게 이미 죽은 사람이나 다름 없는 제가 죽기를 꺼려할 이유가 어디 있겠습니까? 당신으로부터 길가에 버려진 제가 더 이상 제 인생길을 걸어갈 이유가 어디 있겠습니까? 아, 사랑하는 님이시여! 그래도 저는 결코 당신을 원망하지 않습니다. 당신의 즐거운 인생에 저의 슬픔을 던져 넣으려는 것도 물론 아닙니다. 두려워하지는 마세요. 당신을 괴롭힐 생각은 없으니까요. 다만 용서를 빌 뿐입니다. 사랑하는 아이가 죽어서 저렇게 누워 있는 이 참담한 시간에 참을 수 없는 제 영혼의 울부짖음을 당신께 털어놓을 수밖에 없었습니다. 마지막으로 한 번만 당신께 제 마음에 쌓인 모든 것을 말씀드리려고 합니다. 그 후에는 지금까지 당신의 곁에서 침묵을 지켜 왔던 그대로의 모습처럼 제 본래의 자리인 침묵의 어둠 속으로 다시 돌아가겠습니다.

그러나 제 목숨이 붙어 있는 한 당신은 저의 울부짖음을 듣지 못하실 거예요. 저의 유언을 받으셨을 때는 이미 제 목숨이 끊어졌을 테니까요. 당신은 그 누구보다 당신을 간절히 사랑했던 한 여인, 그러나 당신은 결코 단 한 번도 알아보지 못하셨던 한 여인으로부터 이 유언의 편지를 받으신 것입니다. 영원히 당신만을 기다려 왔던 여인, 그렇지만 당신으로부터 단 한 번의 부름조차 받지 못했던 그 가련한 여인의 편지랍니다.

당신이 이 편지를 받으시고는 저를 부르실 수도 있겠지요. 그러나 저는 제 인생의 처음이자 마지막으로 당신의 뜻에 순종하지 못할 것입니다. 당신이 저를 부르신다고 해도 그때는 이미 제 몸이 차갑게 굳어져 더 이상 당신의 뜻에 따를 수 없는 신세가 되어 있을 테니까요.

제게 아무것도 남겨 놓지 않으신 당신처럼 저 역시 당신께 아무것도 남겨 드리지 않을 것입니다. 한 장의 사진도, 한 자락의 자취도 남기지 않을 것입니다. 마지막까지도 당신은 저를 알아보지 못하실 것입니다. 이것은 제가 감당해야 할 저의 운명입니다. 제 목숨이 끊어지는 순간까지도 제가 짊어져야 할 운명입니다. 제 목숨이 다하는 이 마지막 순간에도 저는 당신을 부르지 않겠습니다. 당신에게 저의 이름도, 얼굴도 알리지 않고 당신의 곁을 떠나갈 뿐입니다. 제가 그렇게 떠나는 것을 먼 곳에 계신 당신이 전혀 느끼지 못하실 것이기에 저는 모든 부담을 털어 버리고 떠날 수 있습니다. 만약 당신이 저의 죽음을 슬퍼하신다면, 제가 어떻게 이 세상을 떠날 수 있다는 말입니까?

이제는 더 이상 편지를 써 내려갈 수가 없습니다. 머리는 너무나 흐릿해지고 온몸이 아파 와서 견딜 수 없습니다. 신열에 들떠 있어서 조금 있으면 바닥에 쓰러져 잠이 들 것 같습니다. 하지만 이 모든 고통조차도 곧 흔적 없이 사라질 것입니다. 운명이 자비로운 미소를 머금고 제게 다가오겠지요. 그렇게 되기를 간절히 바랄 뿐입니다 그리하여 저 아이가 사람들에 의해 무덤 속으로 끌려 들어가는 모습을 결코 보지 않게 되기를….

더 이상 편지를 쓸 수가 없습니다. 안녕히 계세요. 부디 안녕히…. 사랑하는 님이시여! 당신께 감사의 마음을 전합니다. 온갖 아픔에도 불구하고 저는 진정 행복했답니다. 마지막 숨결을 내뱉는 그 순간까지도 저는 당신께 감사드리고 또 감사드릴 거예요.

제 가슴에 쌓여 있던 모든 사연을 당신께 고백하고 나니, 가슴이 후련합니다. 이제는 아시겠지요. 아니, 어렴풋이라도 짐작은 하시겠지요. 제가 얼마나 당신을 사랑했었는지를. 당신을 향한 저의 사랑이 조금이라도 당신께 짐이 되지는 않았을 것입니다. 당신께 단 한 점이라도 부담을 드리지 않으려고 애써 왔다는 것이 제게 남은 마지막 위안입니다. 마지막까지도 저로 인하여 당신의 아름답고 즐거운 생활이 달라지는 것은 아무것도 없을 테니까요. 저의 죽음조차도 당신께 짐이 되지 않도록 노력하려고 합니다. 사랑하는 님이시여! 그것이 제 인생에 남은 마지막 보람입니다.

그러나 이제는 어느 누가 당신의 생일에 하얀 장미꽃을

보내 드릴 수 있을까요? 아, 그 꽃병은 항상 비어 있겠지요. 1년에 단 한 번 당신의 주변을 떠돌곤 하던 그 가녀린 숨결, 제 생명의 여린 입김조차도 영원히 사라지고 없겠지요. 사랑하는 님이시여! 부디 저의 부탁을 들어주세요. 이것은 제가 당신께 드리는 처음이자 마지막 청입니다. 당신의 생일이 돌아오면 하얀 장미꽃을 사서 그 꽃병에 꽂아 주세요. 사랑하는 님이시여! 제발 그렇게 해 주세요. 세상 사람들이 일 년에 한 번 죽은 애인을 추모하기 위해 미사를 드리듯이 제발 그렇게 해 주세요.

저는 하느님을 믿지 않고 미사도 믿지 않습니다. 저는 오직 당신만을 믿고, 당신만을 사랑하며, 당신의 속에서만 살아가겠습니다. 아, 1년에 단 하루 만이라도 그 날처럼 고요히 당신 곁에 머물도록 해 주세요. 사랑하는 님이시여! 제발 제 부탁을 들어주세요. 이것이 당신께 드리는 처음이자 마지막 부탁이랍니다. 또다시 당신께 감사드립니다. 저는 당신을 사랑합니다. 영원히 사랑합니다. 나의 사랑이여, 부디 안녕히….

그는 떨리는 손으로 읽던 편지를 내려놓았다. 그 다음엔 오랜 시간 동안 과거를 회고해 보았다. 어슴푸레한 기억들, 이웃집 소녀에 대한 기억, 낯모를 처녀에 대한 기억, 술집에서 만난 어느 여인에 대한 기억이 한데 뒤얽혀서 떠오르는 것 같았다. 그러나 그 기억들은 분명하지 않고 복잡하게 뒤섞여 있었다. 그것은 흐르는 강물의 밑바닥에서 돌멩이 하나가 형체도 없이 반짝거리며 온몸을 떨고 있는 것 같은 기억이었다. 그는 온갖 형체들에 관한 꿈을 꾸고 있는 것 같았다. 깊이 꿈을 꾼다고 해도 형체를 명확하게 붙잡을 수 없었던 그런 꿈을 다시 꾸고 있는 것 같았다.

그 순간 그의 눈길은 책상 위에 놓여 있는 푸른 꽃병을 향했다. 꽃병은 꽃 한 송이 없이 비어 있었다. 몇 년이 지나가는 동안 생일날에 꽃 한 송이 없는 꽃병을 보기는 처음이었다. 그는 깜짝 놀랐다. 갑자기 누군가의 손에 의해 문이 활짝 열리더니 차가운 공기가 다른 세계로부터 그의 정지된 공간 속으로 흘러 들어오는 것 같았다. 그는 한 여인의 죽음을 느꼈다. 그리고 영원히 사라지지 않을 그녀의 사랑을 느꼈다. 그의 영혼 깊은 곳에서 무엇인가가 무너지

정신과 육체가 '사랑'이라는 감정 속에서 어떻게 일되는지를 섬세한 예술적 문체를 통해 보여 줌 로티시즘의 미학을 창조하는 문학적 성과를 거 한, 예술적으로 승화된 에로티시즘을 통하여 사 '과 '자유'가 정신적 생명의 근원임을 명쾌하게 다. 그러므로 노벨 문학상을 수상했던 독일의 소 스 만이 츠바이크의 문학을 "사랑과 자유 정신" 격찬한 것은 바로 이것을 강조하는 발언이라고

의 미학적 에로티시즘을 분명하게 보여 주는 모르는 여인의 편지》이다. 이 작품은 소설의 었지만 문체만큼은 가히 '시적詩的'이라고 평 . 화자話者의 내면에서 흘러나오는 사랑의 고 결한 서정적 언어의 향연饗宴이다. 화자의 편 소리로 따라 읽을 때에 피부 속으로 스며드는 각적인 음향은 조건 없는 '사랑'의 몸에 '자유' 달아 준다. 성애적 감정의 물결은, 때로는 달 플루트의 소리처럼 잔잔하게 독자의 가슴을

는 것이 느껴졌다. 그는 아득히 먼 곳에서 들려오는 음악 소리처럼 눈에 보이지 않는 여인의 그림자를 애틋한 마음으로 그려 보고 있었다.

|작품 해설| 지고지순한 에로티시즘의 미학

소설 《모르는 여인의 편지》를 쓴 슈테판 츠바이크Stefan Zweig는 1881년 오스트리아의 수도 빈에서 태어났다. 그의 몸속엔 유대인의 피가 흐르고 있었다. 그러나 유대교와 히브리 문화에 얽매이기보다는 다양한 독서를 통해 폭넓은 문화의식을 쌓아 나갔다. 특히, 어려서부터 훌륭한 작가들의 문학작품을 탐독함으로써 작가로서의 소양을 기를 수 있었다. 한국의 중·고등학교에 해당하는 '김나지움'을 다니는 동안에 프랑스의 보들레르와 베를렌의 시에 빠져들었으며, 독일의 라이너 마리아 릴케와 후고 폰 호프만슈탈 같은 저명한 시인의 시집을 즐겨 읽었다. 이 선배 작가들로부터 '상징주의'적 영향과 '표현주의'적 영향을 깊게 받아들인 츠바이크는 20세에 처녀시집 《은빛 현 *Silberne Saiten*》을 발표하면서 본격적으로 작가의 길을 걷기

시작했다.

츠바이크의 재능은 시 창작
에세이, 희곡, 평론, 전기 등
탁월한 능력을 발휘하였다. 특
한 개성과 비범한 문체를 보
르는 여인의 편지*Brief einer Un*
혼란》, 《초조한 마음》, 《체
품에서 츠바이크는 '사랑'
리에 깊게 각인시켰다. 츠
예술적 문체로서 세밀하
르는 여인의 편지》에 등
있듯이 '사랑'의 감정이
흐름을 어떻게 이끌어
하고 치밀하게 묘사하

성애적性愛的 묘사가
뜨거운 관심과 인기를
는 통속문학을 추구하
리기도 했다. 그러니

사람의
하나로
으로써
두었다.
람의 '사
보여 주었
설가 토미
의 모델로
볼 수 있다

츠바이크
대표작은
형식을 갖
가할 만하
백은 리드
지를 낮은
섬세하고 감
라는 날개를
빛을 머금은

매만지다가 어느새 격정과 광기에 사로잡힌 '광염 소나타' 처럼 격렬하게 파동 치기도 한다.

자신에 대해 전혀 알지 못하는 남자에게 조건 없는 사랑을 아낌없이 바치는 한 여인의 순애보純愛報는 독자의 눈시울을 적시는 감동을 선사한다. 그러나 남자의 기억 속에서 단 한 자락의 자취도 떠올릴 수 없는 무명無名의 존재로 쓸쓸히 죽어 가는 여인의 마지막 모습은 독자에게 서글픈 아픔을 안겨 주기도 한다. 누군가를 진정으로 사랑하는 사람은 실연失戀의 아픔마저도 '사랑'이라는 전쟁의 전리품으로 받아들여야 한다는 눈물의 모순을 실감하게 해 준다.

에로티시즘을 예술적으로 승화시켜 나가는 슈테판 츠바이크의 문장들을 읽어 갈수록 작품 속에 등장하는 '모르는 여인'의 사랑이 절대적 '자유'의 경지로 발전하는 것을 느끼게 된다. 그녀의 '사랑'은 시간, 공간, 감정, 언어의 모든 한계를 뛰어넘는 '자유'의 활화산이자 지고지순至高至純한 인간성의 결실임을 알게 된다. 그것은 '사랑'이라는 심장의 불길로써 '자유'라는 예술의 '혼魂불'을 타오르게 했던 슈테판 츠바이크의 일생을 옮겨 놓은 듯하다.

|슈테판 츠바이크 연보|

1881 오스트리아 빈에서 출생.

1901 첫 시집 《은빛 현》을 출간하며 본격적으로 작가 생활을 시작.

1911 소설 《불타는 비밀》 출간.

1914 제1차 세계대전에 참전하여 군종 신문 기자로 활동. 작가 로맹 롤랑의 영향을 받아 반전反戰 의식을 갖게 됨.

1919 오스트리아 잘츠부르크에 정착. 1933년까지 이곳에서 거주.

1920 평전 《세 거장—발자크·디킨스·도스토예프스키》 출간.

1921 평전 《로맹 롤랑. 그 남자와 작품》 출간.

1922 소설 《모르는 여인의 편지》 출간. 소설 《아모크》 출간.

1924 《시 전집》 출간.

1925 소설 《두려움》 출간. 평전 《악마와의 투쟁—횔덜린·클

라이스트 · 니이체》 출간.

1927 소설 《감정의 혼란》 출간. 역사적 인물 5인을 조명한 《인류의 결정적 순간》 출간. 대중적 인기를 얻음.

1928 평전 《삶의 시인—카사노바 · 스탕달 · 톨스토이》 출간.

1929 조제프 푸셰의 일대기를 다룬 전기 《조제프 푸셰—한 정치인의 초상》 출간.

1932 마리 앙투아네트의 일대기를 다룬 전기 《마리 앙투아네트—보통 인물의 초상》 출간.

1934 독일 나치의 탄압을 피해 영국 런던으로 망명. 영국 시민권 얻음. 평전 《에라스무스의 승리와 비극성》 출간.

1935 마리아 슈투아르트의 일대기를 다룬 전기 《마리아 슈투아르트》 출간. 세계 3대 전기작가의 반열에 오름.

1936 《소설 전집》(전2권) 출간.

1937 《사람들, 책들, 도시들과의 만남》 출간.

1938 전기 《마젤란—그 남자와 업적》 출간.

1939 심리소설 《초조한 마음》 출간.

1940 브라질로 망명.

1941 《브라질—미래의 땅》 출간. 유럽 문화사와 자서전의 성

격을 융합시킨 《어제의 세계》 집필. 소설 《체스 이야기》 완성. 전쟁과 학살 등 유럽의 피폐한 상황에 대한 환멸과 새로운 환경에의 부적응으로 우울증 겪음.

1942 브라질의 페트로폴리스에서 "자유의지와 맑은 정신으로 먼저 세상을 떠난다"는 유서를 남기고 두 번째 부인 샬롯테 엘리자베트 알트만과 함께 자살.

1943 《시대와 세계》 출간.

1944 《어제의 세계—한 유럽인의 회고》 출간.

1944 《아메리고—역사적 오류의 이야기》 출간.

송용구

시인. 문학평론가. 고려대학교 문과대학 독어독문학과와 같은 대학원을 졸업했으며 독일 시 연구로 문학박사 학위를 받았다. 1995년《시문학》지 추천으로 등단하였으며, 시집으로《별빛 지는 새벽마당에 서면》《풀피리 소리보다 향기로운》《꽃길에서》《눈물을 사랑하게 하소서》《아직은 소중한 것들이 남아 있다》등이 있다.《독일의 생태시》《느림과 기다림의 시학》《독일 현대문학과 문화》《녹색의 저항—독일의 생태시》《현대시와 생태주의》《생태시와 저항의식》《에코토피아를 향한 생명시학》등의 문학연구서를 저술하였으며,《직선들의 폭풍우 속에서. 독일의 생태시 1950-1980》《히페리온의 노래—횔덜린의 자유와 사랑의 시》《소설로 읽는 성서》《연인에게 이르는 길—헤르만 헤세 시집》등의 역서가 있다. 현재 고려대학교 독일어권문화연구소 교수로 재직 중이며, 고려대학교 문과대학에서 '유럽문화'와 '독일문학'에 관한 강의를 담당하고 있다.

모르는 여인의 편지 | 고려대학교청소년문학시리즈 023

초판발행·1쇄 2011년7월15일 | 지은이 슈테판 츠바이크 | 옮긴이 송용구

펴낸곳 고려대학교출판부 | www.kupress.com kupress@korea.ac.kr

136-701 서울특별시 성북구 안암동 | Tel 02-3290-4230, 4232 Fax 923-6311

찍은곳 한국컴퓨터인쇄정보

값 8,000원 ISBN 978-89-7641-750-3 04850 | ISBN 978-89-7641-639-1 (세트)